U0591433

# 遇见火星女孩

邢世流 何 欣/主 编

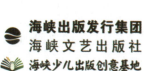

海峡出版发行集团
海峡文艺出版社
海峡少儿出版创意基地

**图书在版编目(CIP)数据**

遇见火星女孩/邢世流,何欣主编. 一福州:海峡文
艺出版社,2013.9
(快乐语文精品馆)
ISBN 978-7-5550-0150-8

Ⅰ.①遇… Ⅱ.①邢…②何… Ⅲ.①童话一作品集
一世界 Ⅳ.①I18

中国版本图书馆 CIP 数据核字(2013)第 217417 号

快乐语文精品馆

**遇见火星女孩**

邢世流　何　欣　主编

**责任编辑**　何　欣
**出版发行**　海峡出版发行集团
　　　　　　海峡文艺出版社
**经　　销**　福建新华发行(集团)有限责任公司
**社　　址**　福州市东水路 76 号 14 层　　　**邮编**　350001
**发 行 部**　0591－87536797
**印　　刷**　福州凯达印务有限公司　　　　　**邮编**　350008
**厂　　址**　福州市金山橘园洲工业区台江园 6 号楼
**开　　本**　787 毫米×1092 毫米　1/16
**字　　数**　100 千字
**印　　张**　9.25
**版　　次**　2013 年 9 月第 1 版
**印　　次**　2013 年 9 月第 1 次印刷
**书　　号**　ISBN 978-7-5550-0150-8
**定　　价**　23.00 元

# 目录

# 时间停止了

深更半夜，呵欠连天地对付小山似的作业的时候，期末考试前，时间所剩无几却有好几门功课没来得及复习的时候，数学比赛中，冥思苦想刚有思路竟打了收卷铃的时候……每当遇到这种情况，我总是傻傻地幻想："时间停止该多好啊，让我付出什么代价都行！"可是，腕上的手表依然"嘀嘀答答"唱着歌，时间的脚步依旧那么匆忙。

这天上学，在一个小巷里，一个奇丑无比的老头拦住了我："你总是盼望时间停止吧？"他说着诡异地笑了笑，从怀中掏出一块金光闪闪的手表，"我这可是个宝贝，你要不要？它能让时间停止，让你成为这个世界的主宰！全世界只有你我在活动。"

我从心底里感到吃惊，这种宝贝，以前只在童话书里才见过啊，于是我便收下了。

从此以后，我在别人的眼中几乎一下子脱胎换骨，成了神人。

我再不用忙着赶作业，再不用拼死命似的做题、复习，再不用为了体育长跑而辛苦晨练，再不用……这一切全部得益于我的宝

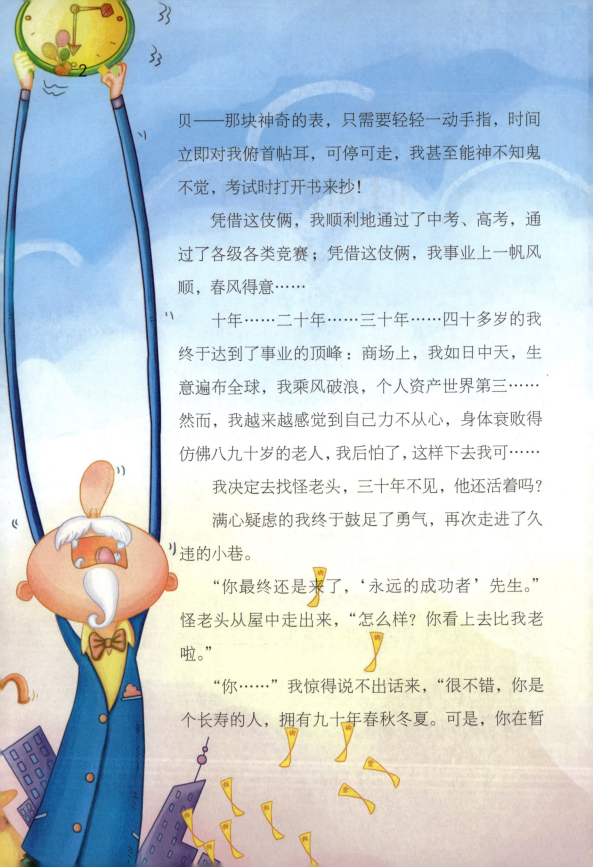

贝——那块神奇的表，只需要轻轻一动手指，时间立即对我俯首帖耳，可停可走，我甚至能神不知鬼不觉，考试时打开书来抄！

凭借这伎俩，我顺利地通过了中考、高考，通过了各级各类竞赛；凭借这伎俩，我事业上一帆风顺，春风得意……

十年……二十年……三十年……四十多岁的我终于达到了事业的顶峰：商场上，我如日中天，生意遍布全球，我乘风破浪，个人资产世界第三……然而，我越来越感觉到自己力不从心，身体衰败得仿佛八九十岁的老人，我后怕了，这样下去我可……

我决定去找怪老头，三十年不见，他还活着吗？

满心疑虑的我终于鼓足了勇气，再次走进了久违的小巷。

"你最终还是来了，'永远的成功者'先生。"怪老头从屋中走出来，"怎么样？你看上去比我老啦。"

"你……"我惊得说不出话来，"很不错，你是个长寿的人，拥有九十年春秋冬夏。可是，你在暂停的时间中却消耗了四十五年！你的时间归我所有，我当然没有多老，看，我还余下了十五年。"怪老头用手指着一排闪闪发光的容器——里面是本属于我的时间。

我这才明白怪老头的用意，明白了他为什么要送我这么神奇的"宝贝"！"我要买回我的时间，哪怕倾家荡产！"

"噢？一寸光阴一寸金，寸金难买寸光阴。你那世界前三的个人资产，与时间相比，根本就是一堆不值钱的垃圾！当大官，赚大钱，与时间相比算得了什么？你难道没听说过时间就是生命，不知道时间是最宝贵的东西吗？晚了，时间永远不会回头……"

邪恶的念头一闪而过，我猛地按下表的按钮。怪老头咧着嘴："你忘了，三十年前，我还对你说'全世界只有你我在活动'。这表对我不管用！"他夺过我手里的表，"你的生命之火就要熄灭了，这块表又要另易其主了，我会长生不老的！再见了，'永远的成功者'先生……"

我游戏时间一辈子，时间终于报应了我，我是真真正正的失败者。

我眼前猛地一黑，重重地栽倒在地上。我明白，在我的生命里，时间将要永远停止了……

（任 牧）

# 小偷罢工

城里有个小偷协会。这天，协会集体通过了一项决议——罢工。

小偷罢工？不就是说从现在起再没人去撬门扭锁，盗窃别人的财物？再没人到商店里、电车上去掏别人的钱包了吗？太好了，所有听到这个消息的公民都感到轻松和愉快。

全城只有一位太太觉得遗憾。她对小偷协会的办事效率非常不满，说："为什么不在前天就决定罢工呢？"原来，这位太太正好在昨天被小偷窃走了一条金项链。

和以往的情况不同，这次有组织的罢工没给市政府造成丝毫的压力。市长在晚间电视节目中发表了讲话，他说："衷心地希望他们永远也不要再复工了，让小偷见鬼去吧！"

从小偷罢工的第二天开始，城里就出现了新气象：太太小姐们把自己珍藏在匣子里的各种首饰全都戴了出来，珠光宝气给女性增添了魅力。顾客们把钱包像对待破帽子那样随手丢在一个地方，然后去精心挑选商品。这会儿如果有哪位先生对自己装钱包的口袋不放心，还像以往那样不时地去捏去按的话，必然会遭到别人的讥笑："你瞧见了吗？一个早已淘汰了的动作。"

城里人从来没有像现在这么快乐！这么扬眉吐气！这么有安全感！

好事还在继续。也是从小偷罢工的第二天起：警察的神经头一回松弛了，街上再没有可疑的面孔和值得盯梢的人。警察个个都变得非常文雅，风度翩翩地在街上走来走去。如果偶尔发现有哪个小伙子把手悄悄地伸进姑娘的衣袋里，也不必去干涉——那一定是恋人在暗中传递"我爱你"之类的小纸条。

银行的职员彻底地解放了。总经理正在和清洁队的垃圾箱办公室联系，准备将银行的三千只保险柜转让给他们。

市政厅办公桌上的电话此起彼伏，响成了一片。市长的脸上总是挂着笑容……

然而，没过几天，一群妇女来找市长。她们要求取缔警察，理由是没有必要再养活这些成天无所事事的闲人。

市长正和妇女们纠缠，银行总经理来了。自小偷罢工后，人们不再到银行去存钱了。大家说，钱存在家里，用起来方便。所以银行已经面临倒闭，不得不裁减百分之九十的职员。

坏消息比好消息来得更快更多：

生产门锁、自行车锁的工人失业了！保险柜厂家的产品大量积

压，无人订货！全城八百名夜间巡逻的队员都被解雇了！车站的小件寄存处关门了！

迫于各界的压力，市长决定派代表去和小偷协会进行紧急协商，希望他们能顾全大局，立即复工。市长还许诺，今后对小偷要从轻处罚。

派去的代表们灰溜溜地回来了。因为小偷们提出了苛刻的条件：要求给他们发加班费。理由是逢年过节别人都休息了，而小偷还在没日没夜地工作。

对小偷们提出的条件，市政府当然不会答应。市长和他的助手们日夜在一起商讨对策。但事情毕竟太棘手了，连最有经验的老议员也长吁短叹。

说出来简直让人不敢相信：这道难题居然被一个幼儿园的小姑娘小布丁解开了！

根据小布丁的安排，从第二天起，所有失业的人都有了新的工作：工厂全都恢复了生产，过去成天和锁打交道的工人正兴致勃勃地为儿童们生产玩具；银行的职员被派到了学校，去帮助笨孩子补习算术；八百名巡逻队员还在巡逻，但他们的新任务是提醒孩子早睡早起，看电视不许太晚；

车站的"小件寄存处"只改动了一个字，成了"小孩寄存处"，哪个孩子惹人讨厌，就把他送去存几天；最快乐的要数警察：他们的全部工作就是在幼儿园陪小朋友做游戏、玩"打仗"，当然，必须用木头手枪……

第一个问题顺利地解决了，工作人员全都快乐无比。

当天晚上，小布丁在电视台发表了一次讲话。她说：市政府已决定接受小偷协会提出的全部条件。但是，所有的福利待遇只能给那些真正的小偷。谁敢保证协会的会员没有冒牌货呢？为了辨别真假小偷，将举行一次"小偷大赛"……

大赛真够刺激！所有的小偷都激动万分。好啊！大显身手的时刻到啦：

第一天，就有三百多名小偷失踪了！第二天，又有五百多名小偷不见了！第三天，还剩十八名小偷……

到星期六下午，全城只剩下最后一名小偷了。这位正是小偷协会主席、桃李满天下的小偷总教练 A 先生。

目的达到了。该如何处置这最后一名小偷呢？全城公民提出了种种方案：关监狱，送博物馆，进动物园……就在大家争论不休的时候，又传出了最新消息：A 先生为显示本领高强，自己把自己偷走啦！

（武玉桂）

# 送钱的小岛

轮船失事了，船员汤姆与提斯死里逃生，正无助地划着一艘小木舟，在海上漫无目的地漂流。

也不知道过了多久，饥肠辘辘的汤姆与提斯被海浪冲到一个小岛上。一上岸，他们就闻到了食物的香味。循着香味，他们找到了一家餐厅。两人大喜过望，不管三七二十一，点了两份牛排，狼吞虎咽起来。

填饱了肚子，汤姆和提斯才记起自己身无分文。餐厅的老板看到他们俩面露难色，便猜到了原委，笑容满面地对他们说："两位客人，看你们的样子，在海上漂了好久了吧？"

"是啊！你猜对了。我们的轮船失事了，我们好不容易才漂到这个岛上，实在是饿极了，没有考虑就吃了这么多东西。其实我们身上没有钱啊。"汤姆赶紧解释道。

"这你们不用担心。你们第一次来，大概不知道我们的规矩。在别的国家，顾客买东西，商店收钱；在我们国家，顾客买东西，商

店给钱。也就是说，你们可以拿走商店里的货物，还有和货物等值的现金。"

"这……太好了！"提斯大叫。

老板掏出钱，如数放在桌上："你们点的东西越多，我付给你们的钱越多。二位还要吃些什么吗？"

汤姆原来还有些将信将疑，这下彻底信了。两人迫不及待地拿起菜单，又点了一大堆食物。两人离开餐厅时，不但肚子饱饱的，手里还有满满一大袋的钞票。

吃饱了就要休息，汤姆和提斯毫不犹豫地找了一家五星级宾馆，要了最贵的套房。在办完订房手续后，服务人员立刻拿出一大笔钱给他们。

"天堂也不如这里的万分之一！"两人感叹道。

接下来，两人在岛上疯狂消费，买了名牌服饰、钻石手表、气派豪宅等等。同时，两人手上的钱也越来越多。为了存放这些钱，他们买了一堆手提箱，购买时，商家又送了他们一堆钱。

慢慢地，两人被堆积如山的钱压得喘不过气了。于是，他们决定将一些钱倒入大海，送给鱼群当饲料。他们的行动被海岸巡逻队发现了。巡逻队员立刻逮捕了他们："将钱倒入海里是违法的，你们将要被罚钱。"

　　两人听到可以罚钱，觉得很开心，这样他们可以减少一些钞票的负担。

　　"请你们和我来一趟警察局，你们刚才想丢多少钱，我就去国库拿多少钱罚给你们。如果你们不要，就准备坐牢吧！"

　　汤姆和提斯闻言，立刻垂头丧气：钱没有丢成，反而更加多了！要是一直待在这个奇怪的国家，总有一天会被钞票淹没的。两人寻思着要找机会离开这个鬼地方。

　　巡逻队员似乎看透了他们的心理，微笑地警告："可别想逃跑，抓到的话，要罚更多的钱。"

　　两人愁眉苦脸地看着一堆堆的钱，原本天堂一般的生活，现在看起来，更像是无止境的灾难了……

（飞毛牛）

# 别跑，袋鼠！

真倒霉，我的书包被一只袋鼠抢走了，跟你说你也不信，当然，我的老师也不信。谁会相信一只澳大利亚袋鼠会在中国北京的街头，抢走一个小孩子的书包呢？

"做梦吧，你？"老师的答复就这么简约而不简单！我决定找回我的书包，不，还要抓住那只袋鼠，以证明我的清白。

其实寻找一只袋鼠很简单，根本不需要什么经验，也不用在电线杆或者公共汽车站贴小广告，只需要走出学校大门，左转再左转，站在那家"菠萝菠萝蛋糕房"的玻璃橱窗前就可以了。当然，这是我摸索出来的。

我站在玻璃橱窗前看蛋糕师傅用奶油挤漂亮大寿桃的时候，那只袋鼠也在看，看得聚精会神。

我不知道该怎么和它说第一句话，便很傻地问道："你，你的生日是几号？"

你猜怎么着，它居然用普通话回答了我："这个我可记不清了，大概快到了吧。"

　　接着我又问了个更傻的问题："那你属什么？我是属兔的。"

　　袋鼠歪着头看了看我，沉思过后说："我？是说我吗？哦，我属桃子。"

　　属桃子？我决定在我晕倒之前步入正题。"你能把书包还给我吗？"我说。

　　"我没拿你的书包。"袋鼠说完，还把它的大袋子拉开给我看，"真的没有。"

　　我探了探头，里面果然没有，什么都没有。

　　"好吧，那你真的属桃子吗？"我说。

　　"属是什么？"袋鼠反问。

　　看吧，我就知道它是个爱撒谎的家伙，不知道的事情都可以随口撒谎。那它一定拿了我的书包，我确定。

　　我跟在这只硕大的袋鼠后面，它跳得真快。

　　我几乎跟不上它了："你为什么非要跳呢？不能一步步地走吗？多累呀！"

　　"你嘲笑我！"袋鼠忽然停下来，看样子有些愤怒。

　　"我没有，我说错什么了吗？"

　　"我不会一步一步地走。"袋鼠说，"要知道，我只会跳。"

　　"真不幸，"我说，"如果你把书包还给我，我也许可以教你走路，

我教过邻居家的小屁孩走路，他开始只会爬，你知道吗？后来他会走路了，真的，是我教的……"

袋鼠跳到了一幢大厦前停了下来，说："想要书包吗？在里面。"

我就知道是它抢了我的书包，看，承认了吧。我迫不及待地要冲进这幢大厦，可是，门口的保安拦住了我。

"对不起，我们这里不让宠物进入。"

"它？它不是我的宠物。"我和袋鼠同时说。

保安看看我俩："人可以进，动物不能进。"

"那你可就不知道书包藏在哪儿了哦！"这只会说话爱撒谎的袋鼠居然还会威胁人。

我想了想，把袋鼠拉到小卖部，买了一包面包片，然后在它的两只耳朵上各挂了一片。

"别吃啊！"我提醒袋鼠。

"我才不吃零食。"袋鼠摇摇脑袋，它耳朵上的面包片"啪嗒啪嗒"地响。

再次来到大厦门口，我们大摇大摆地准备进去，又被保安拦住了。

"我已经说了，宠物不能进，是动物就不行。"

"别激动，我带的是三明治，"我指指袋鼠的脑袋说，"袋鼠馅的三明治。"

可还没等保安说话呢，袋鼠已经挥出一记勾拳，"嗵"的一声，保安躺在地上了。

"这多简单！"袋鼠挥了挥拳头，跳进了旋转门。

我的嘴巴张了好久，然后朝可怜的保安先生耸了耸肩，跟进去了。

进到大厦的玻璃电梯里我才知道又上当了，这可恶的袋鼠，它根本就不是来给我找书包的，而是让我来陪它坐电梯的。

"你为什么抢我的书包？"我大声问。

"因为我想让你追我，"袋鼠说，"要知道，动物园那个小地方，根本没法快速地跳跃。"

我这才知道，原来这只澳大利亚大袋鼠是从动物园里跑出来的。这样说来就解释清楚了，说给老师听，她大概也会相信的。

"那你早上为什么不追我呢？"这回轮到它问我了。

"我不喜欢书包，我巴不得它丢了呢！"我实话实说。

"那你现在又来找？"

"没办法，我必须得有书包，"我不服气地说，"我得听老师的，跟你说你也不明白。"

"我明白，就像我得听饲养员的一样。"袋鼠说着。

它好像很理解我，我们相处了大半天，终于有点共同语言了。我们下了电梯，出门的时候，晕倒的保安才刚刚坐起来，眼睛直直的，没完全清醒。

我试探着问袋鼠，"那……现在能把书包还给我了吧？"

"好吧，如果你追到我。"

"别呀，我们是一伙儿的，我可以找别人追你。"我边说边向四周看着。袋鼠高兴地点点头。

老地方，我们回到了菠萝菠萝蛋糕房。这次我不是跟在袋鼠后面跑的，是坐在它的大口袋里，一颠一颠，还真舒服。我们进了蛋糕房，马上又冲了出来，我手里多了一块没付钱的蛋糕。

"可恶，把我的蛋糕放下！"菠萝菠萝蛋糕房的胖老板大叫着，还用奶油枪喷我们。

路上，我又抱走了一只小狗，于是穿着狐狸皮大衣的女士也追了过来。

然后我又顺手牵羊，拿了一块烤红薯、一份晚报、一根指挥棒……袋鼠的大口袋已经满得不能再满了。

你能想象得出来吗？追赶袋鼠的队伍有多么庞大！大家都想追回自己的东西，因为这些对他们都很重要。

人们越追，袋鼠越高兴，跳得更快了。

追呀！追呀！追了几乎一天，一直追到了已经下了班的动物园。袋鼠"嗖"地跳进围墙，"尾巴"们被关在了外面。

"太痛快了，谢谢你。"看样子袋鼠玩得很尽兴。

"别客气。"我帮它把大口袋里的东西一件件地拿出来，一样都不少，那是要还给大家的。

袋鼠最后从自己的口袋里拿出了我的书包。

"咦？我怎么没看到？"我惊讶极了。

袋鼠得意地说："口袋里有个暗藏的拉链，里面有个小口袋呢！"

人们冲进动物园，大家扯着嗓门在责备袋鼠的饲养员，说他玩忽职守，没有看好这只"坏"袋鼠。

饲养员可怜兮兮地说："如果你们吃过袋鼠的左直拳加右勾拳……"

（巩心布）

# 错误的变形

从一家整容变形研究中心里，走出两位青年男子，他们衣着完全相同，面貌完全相同，笑容也完全相同。

"欢迎再次光临世界上最好的整容变形研究中心。"两人几乎异口同声。原来他们是这里的服务员。他们告别的竟是一只活泼好动的白毛小狗。白毛小狗像是听懂了他们的话，回头"汪汪"地叫了两声，然后就一蹦一跳地跑远了。

"科学越发达，人的脾气越古怪。你说刚才那位美丽的小姐吧，她作为人不是很好吗？可她偏偏提出愿意接受最新的实验，把自己变成一只小白狗。"服务员 A 叹了口气说道。

这时候，一位瘦削型的美貌男子急切地跑来，问："请问，刚才是不是有一位美貌的小姐来整形？"

"你说的是一位眼睛很大的小姐？"服务员 B 问道。

"眼睛很大？是的，就是她，她是我的妻子！"瘦削型男子焦急地说。

"哦，她，她已经变成一只

小白狗离开了！"两个服务员一起答道。

"什么？！"瘦削型男子像发疯一般大吼起来。

"本公司一向顾客至上，一切整容变形手术都是自愿的，决无半点强迫之意。先生请别激动！"服务员 A 熟练地说道。

"她怎么会这样，怎么说做就做了？"瘦削型男子仿佛已经接受了这个不争的事实，"为了她，我也愿意变形成一只小狗，老板，可以吗？"

研究中心内。

"先生，机器显示：您的金卡编号是 W1323。您已经做了 160 次整容手术，11 次变性手术。"服务员提醒瘦削型男子。

"不要废话了，为了她，我什么都愿意。她整成男人，我就变成女士；她爱做女人，我就重新再做男人；现在她做了白毛小狗，那么请你们把我也变成一只小狗吧！要黑色的，这样与白色才般配！"

"好的，请您签名！"

手术获得圆满成功，瘦削型男子终于变成了一只健壮而有活力的黑毛小狗。

"先生，您还满意吗？"老板走近黑毛小狗，把金卡用绳子挂在了它的头上。

"汪汪。"黑毛小狗跳着，叫着，闪着他的大黑眼。两位服务员紧跟着黑毛小狗，客气地把它送出了研究中心。

"欢迎再次光临世界上最好的整容变形研究中心。"两位服务员异口同声地说道。这时，黑毛小狗已经跑得无影无踪了。

当两位服务员正准备返回研究中心的时候，来了一位大眼睛的小姐："对不起，请问刚才有位编号是 W1323 的男子进去做手术了吗？"

"有，他已经把自己变成一只黑毛小狗跑出去了。"

"什么？他一向反对我这样做，怎么自己却这样做了？"大眼睛小姐皱起了眉头。

"他的妻子利用我们的最新科学技术，把自己变成了一只小白狗，所以他也……"服务员答道。

"什么？他的妻子？我就是他的妻子。"

"那么，原先的那只白毛小狗是谁的妻子呢？"服务员疑惑不解地问。

你说呢？

（海 星）

# 年龄选择器

"丁豆豆，瞧我的新发明——年龄选择器。"一个八九岁的小男孩，拿着一个像掌心游戏机的仪器大叫着。

"你是谁，你怎么知道我叫丁豆豆？"丁豆豆很诧异。

"我是你的老朋友眼镜博士。"小男孩咧着嘴大笑着。

"眼镜博士？看模样你是他的孙子还差不多。不过眼镜博士忙于科学实验，根本没有结婚，怎么会有孙子？"丁豆豆不相信地摇着头。

"瞧我是谁？"小男孩按了一下手中仪器上的按钮，顿时变成了一个六十多岁的老爷爷。

"眼镜博士，你刚才怎么变成了小孩子？"丁豆豆愣住了，嘴巴张得大大的，口水都不给面子地淌下来。

"这是年龄选择器，只要输入准确的姓名，选择相应的年龄，身体就会发生变化。"眼镜博士晃着手中的仪器说，"刚才我选的是八岁。"

"借我用一下！"丁豆豆大叫着，"要是不借，我下次再也不帮你买方便面了！"丁豆豆抢过年龄选择器，朝着学校跑去。

"喂，豆粒儿？拿什么东西，快给我玩玩！"一脸青春痘的大头吆喝着。大头凭自己长得牛高马大，经常欺负同学。

"哼，别看以前你老是欺负我，现在我可不怕你！"丁豆豆飞快地在仪器上输入自己的名字，选择了30岁。

"哟嗬，胆子不小啊，瞧我不把你捏成豆片。"大头捋了捋袖子，逼向丁豆豆。可是还没碰着丁豆豆，大头就觉得眼前一晃，就见丁豆豆的身体瞬间长高了一大截。"你是——丁叔叔吧？我刚才跟丁豆豆闹着玩呢。"大头脸上的肌肉僵住了，"咦，真怪，丁豆豆刚才还在这儿，怎么一眨眼就不见了？"

"我就是丁豆豆！"

"难道我在做白日梦？"大头狠狠地掐了下大腿，痛得龇牙咧嘴，"不对，我不是在做梦。可是你为什么变得这么老？"

"我没有变老，只是用年龄选择器选择了30岁。"丁豆豆晃着仪器。

"真是好东西！能否帮我们一个忙？"这时，一直站在旁边观看的一个警察说，"我们正在抓捕一个犯罪分子，可是他藏在一幢楼房里拒不投降。他携带着炸药，要是强行抓捕他，又怕他狗急跳墙。"

"我乐意！"丁豆豆和警察一起来到

犯罪分子藏身的大楼前。只听犯罪分子正在大楼里杀猪般地嚎着："你们谁也不许进来，否则我就点燃炸药包。"

"怎么办，我们不能这么一直等下去，他又不付我们加班费。"警长着急万分。

"加班就免了吧，瞧我的——请问这个犯罪分子叫什么名字？"丁豆豆拿着仪器问。

"尽管我不相信你，可是为了能早一点下班，我还是说吧。"警长说出犯罪分子的名字。

丁豆豆很快输入，在年龄一栏选择了八个月。"哇哇哇——"大楼里突然传来婴儿的大哭声。

"真奇怪，哪来的婴儿哭声？难道犯罪分子生了孩子？"警长疑惑地说，"可是这个犯罪分子是男的呀，男的怎么会生孩子？"

"不是犯罪分子生孩子，是我利用手中的仪器让犯罪分子变成了八个月大。"丁豆豆骄傲地说，"快去抓犯罪分子吧！千万别感谢我，要感谢请去感谢眼镜博士，这是他发明的。"

警察们冲到大楼上，只见那个犯罪分子正乱踢蹬着小腿大哭着，裤子被尿湿了一大片。

"喂，谁有奶瓶？"警长大叫着。

（沈习武）

# 什么都能爆的爆米花机

　　丁豆豆拿着 50 分的成绩单忐忑不安地走在回家的路上，脑子里一遍又一遍地想象着爸爸"严刑拷打"的场面。

　　"爆米花啦爆米花啦，香喷喷的爆米花……"随着"嘭"的一声响，一阵香味像虫子一样钻进鼻孔。丁豆豆觉得脑子里闪过一道电光，三步并作一步赶上前："成绩单能爆吗？"

　　"成绩单？"脸抹得像非洲黑人的爆米花老爷爷恨不得能把眼珠贴在丁豆豆脸上，"这孩子，没毛病吧？"

　　"既然米粒能爆大，那么成绩单上的分数肯定也能爆大。"丁豆豆从口袋里抠出准备买创可贴的一元硬币，"不管能否爆成我照付钱。"

　　老爷爷奇怪地看了丁豆豆一阵，把成绩单塞进了爆米花机。过了一分钟，随着一声响，成绩单上的 50 分赫然变成了 100 分。"耶——"丁豆豆绷紧的心终于松了下来。

　　"成绩单拿来！"丁豆豆一进门就见爸爸一副打手打扮。不过爸爸见了成绩单后立刻换上文物鉴定专家的装束，拿着放大镜在成绩单上一遍又一遍地照，那势头就是蚂蚁腿上的一根汗毛上有几条裂纹都能看得一清二楚。"不是伪造，货真价实的 100 分。"爸爸说，"可是据我得到的绝密情报，你这次只考了 50 分。我的政策你是知道的，还不坦白从宽！"

"如实招来！"妈妈举起首饰盒在台板上狠狠地拍了一下。

丁豆豆只好争取宽大处理。

"真有此事？"爸爸妈妈迅速奔到爆米花机前。

爸爸掏出一支烟："我爆这个。"

"瞧你那出息样，我原以为你聪明绝顶（丁豆豆爸爸的脑袋属于那种"四周钢丝网，中间运动场"一类），怎么关键时刻犯糊涂？"妈妈取下一只耳环交给爆米花的老爷爷。

随着"嘭"的一声响，耳环变得有手镯那么大，再爆一次变成了金项圈。

"奇怪，这么轻？"爸妈请黄金专家鉴定。

"罕见罕见，纯度百分之百，可重量却只有一只耳环重。"专家的目光聚成一束，"我可犯有'一见好东西就舍不得放手病'，快卖给我，不论多大价钱！"专家双手拽住耳环，做好拔河的准备。

"等一下，让我看一下这耳环是公的还是母的。"爸爸眼珠一转。

"耳环还有公母？"专家一愣神，爸爸趁机夺下就跑。

"目标——爆米花机前，我还有一只耳环没爆。"妈妈在后指挥。

可是晚了，爆米花机前人围得连头发丝都捅不进去，各种声嘶力竭的变了声的喊叫断断续续传来："我爆项链！""我爆钻石戒指！""我要把跳蚤爆得有猴子那么大，我要创造天下奇闻！""这是名星的脚趾盖，我要爆大！"……

"坏了，咱们来迟了！"妈妈几次试图闯进去，都被挡回来。

"我有办法。"爸爸拿来一把铲子，"咱们进行地道战。"

一条地道挖到爆米花机的下方，爸爸抛出一把钱后叫了声："爆米花机我买了！"然后也不管爆米花的老爷爷同不同意，一把抓住爆米花机一头扎进家里。

"这下好了，这下好了，这下咱们想爆啥就爆啥了。"妈妈乐得眉毛都不住地颤动。

"确实很好！"屋里突然出现一个戴面罩的大个子。

"你是谁？我家里没钱！"妈妈慌忙把钞票和存折往怀里揣。

"我不要钱，我是恐怖分子，快把这点炸药爆多爆大。"大个子丢过一火柴盒炸药。"嘭嘭"几声响后，一火柴盒炸药变成了一大堆。

"我想，你光有炸药还不够，还要有一颗聪明的脑子才行。"爸爸想了想赔着笑脸说。

"聪明的脑子？"大个子有点犯傻。

"俗话说脑袋大聪明，只要你把脑袋爆大不就有聪明的脑子了吗？"

"好主意！"大个子把脑袋塞进了爆米花机。随着一声响，不用我说各位也想到了，大个子变大的脑袋卡在爆米花机里拿不出来了，随后赶到的警察不得不用锯子把爆米花机锯开。

"可惜呀，咱们的爆米花机——"爸爸心疼得把大腿都拍肿了。

(沈习武)

# 网络隐侠

马可爱浏览武术网站，梦想能成为电影里那样的武林高手。这天，马可搜到一个很不起眼的小网站，网站的主页上写着：隐居之中，请勿打扰。在武打电影里凡是隐居的人，都是武林高手。马可赶紧在网站上留言：我想学会超级武功，可是学武功太难，能不能一下子就成为武林高手？

网站主页上突然出现一双眼睛，盯着马可看。那目光太犀利了，仿佛看穿了马可的思想。

"能。"音箱里突然传出说话声。

"谁？"马可一惊。

"我，就是隐居的武林高手。"眼睛隐去，"我能让你瞬间成为武林高手。"

"真的？"马可又惊又喜。

"把手伸来，贴到我的手上。"电脑画面中出现一只手。马可把手贴到电脑中的手上，顿时觉得有一股奇异的力量沿着手臂传入体内。"现在，你已是超一流的武林高手了。"电脑的音箱里再次传出

说话声，"行侠仗义去吧。"

"牢记师父教诲！"马可恭敬地鞠了个躬。

就在这时，刺耳的警报声响起，几辆警车风驰电掣般朝商贸大楼驶去。"机会来了，耶——"马可兴奋得跳起来，推开窗户跳了出去。

"有人跳——"对面阳台上，一个正在晾衣服的阿姨看到了，吓得惊叫起来。可是话才喊一半，后半句硬是咽进肚里——马可施展轻功，沿着高楼"嗖嗖嗖"眨眼没了踪影。

警车在地上开，马可在高楼间穿梭，转眼间来到了商贸大楼。

马可沿着窗户跳了进去。

"站住！"一个歹徒看见马可举起枪。可是马可身影一闪，到了他身边，伸出手指一点，歹徒立刻趴在地上，像乌龟一样慢慢地爬

起来，边爬边慢吞吞唱着："我是乌龟，我是乌龟，爬得慢，爬得慢……"

"老二，你怎么啦？"旁边的歹徒惊呆了。

"不好意思，我点了他的'像乌龟一样边爬边唱穴'。"马可得意地说。

"你会点穴？"歹徒们都把眼睛睁成斗鸡眼，不相信地看着马可。

"我不但会点穴，还会铁砂掌，专打坏蛋屁股！"马可朝歹徒走去。

"刷——"歹徒们背靠背站成一圈。一个歹徒心虚地说："我让你看看，是你的铁砂掌厉害，还是我们的子弹厉害！"说着，子弹"哒哒哒"射向马可。可是马可猛吸

一口气，站着没动，那子弹射到身上又掉在地上。

"你不怕子弹？"歹徒的眼睛睁得更大了。

"当然，我会金钟罩铁布衫，我刀枪不入。"马可捡起掉在地上的子弹头，在手里像揉面团一样轻轻一搓，把子弹头搓成一条细线。

"天哪，假冒伪劣产品也太多了，瞧那子弹头，竟然变得比面团还软。"一个歹徒的裤子湿了一大片。

"快跑！"歹徒反应过来。

可是还没等他们抬起脚，便觉得眼前有个人影一晃而过，歹徒们顿时一个个双手抱头，撅着屁股，站着一动不动。一个歹徒颤抖着说："这位大侠，请你下手轻点儿，要是把屁股打肿了，我就没法脱裤子了。"

听到枪声，警察冲进来："不许动，放下武器！"

"我们都没动，武器也早放下了。"歹徒们的屁股撅得像拴马的桩子。

"你们为何这样？"警察诧异了。

"想知道答案吗？那就是——我们被点了'一动不动撅着屁股穴'。"

这时记者们拥进来，马可匆忙解了歹徒的穴道，跃出窗子。电影里大侠就是这样，行侠仗义，而不是沽名钓誉。

（沈习武）

# 最满意的发明

春天过了就是夏天，夏天过了秋天就来了，不对，夏天完了直接到了冬天，秋天忘记来排队。

冬天的早晨，大个子鼠叫小个子猫一起去上学，虽然小个子猫穿了像熊一样的棉衣，可在上学的路上她的手脚被冻得冰冰凉，鼻头被冻得红通通。

小个子猫讨厌冷天气，顺带连冬天也一起讨厌了。

第二天，大个子鼠拿了一团透明的东西交给小个子猫，这是他的新发明："它可以帮你对付冷天气。"

小个子猫把透明的东西拎在手上，那东西慢慢膨胀，直到变成一个透明的大泡泡。

以后每逢上学，小个子猫就钻

进透明的大泡泡里。大泡泡里暖暖的，就算下雪天刮呼呼的北风，小个子猫也不怕冻手冻脚了。

有了大个子鼠的发明，小个子猫觉得冬天一下子变得可爱起来。

说到橡皮呀，真让小个子猫头疼。

第一块橡皮，小个子猫记得用完随手放在铅笔盒里，可是，再找的时候铅笔盒里什么都没有。

第二块橡皮，小个子猫忘记是把它借给谁了还是弄丢了。

第三块橡皮，小个子猫想把它刻成图章，可是，刻来刻去，图章没刻成，橡皮倒刻没了。

第四块橡皮，不小心滚到课桌底下就再也找不到了。

"橡皮就是很容易消失的东西！"

小个子猫向大个子鼠抱怨的时候，大个子鼠没有讲话，隔一天，他说："以后你都不用为橡皮伤脑筋了。"

大个子鼠送给小个子猫一块崭新的橡皮，这可不是普通的橡皮，这是大个子鼠的发明，是一块橡皮种子。

小个子猫把橡皮种子种到花盆里，浇了水，很快就长出一棵小小的橡皮树。

橡皮树上结了许多果子，这些果子是各式各样的橡皮，小个子猫随时都可以摘一块橡皮来用，再也不怕橡皮无缘无故失踪了。

每次小个子猫遇到麻烦，大个子鼠总会帮她解决。小个子猫想，要是她也能帮助大个子鼠就好了。

可是，小个子猫什么东西都不会发明。

小个子猫高兴不起来。

小个子猫见到大个子鼠的时候，大个子鼠也是一副郁闷的样子。

"我会发明许多东西，可是，就是系不好鞋带。"大个子鼠的鞋带乱成一团。

系鞋带小个子猫最拿手了："我来帮你。"

小个子猫认真地教大个子鼠系鞋带，直到大个子鼠系的鞋带像小个子猫鞋子上的一样漂亮。

小个子猫好开心，终于帮了大个子鼠的忙，虽然她不会发明任何东西。

大个子鼠比小个子猫还要开心，他觉得，这是他最满意的一个发明——一个让小个子猫帮助自己的机会。

（米吉卡）

# 影子剪裁师

大个子鼠和小个子猫是一对好拍档……

头一天，大个子鼠和小个子猫钻到灌木丛里摘野果子吃，他们吃得嘴巴红嘟嘟，肚皮圆鼓鼓，可是，他们的影子却被灌木丛中的荆棘刮成了一条一条的样子。

就算脸洗得再干净，衣服穿得再整洁，如果身后拖着一条破破烂烂的影子，那也是要叫人笑掉大牙的。

不过没关系，好在有影子剪裁师。

就像头发乱了找理发师、想变出满天鸽子找魔法师一样，如果谁的影子出了问题，找影子剪裁师准没错。

这天一早，大个子鼠和小个子猫就来到影子剪裁师的铺子门前，铺子还没

开门，他们就在门口排队。

小猪平时有点儿粗心，这不，他去河边游泳的时候，把影子放在河边，等他再爬上岸时，就发现影子不见了，大概是被风吹走了吧。

没有影子多孤单呀，小猪哭哭啼啼地来到影子剪裁师的铺子。

"小猪，别哭了。"大个子鼠和小个子猫让小猪排在第一个。

鹿要参加舞蹈大赛，每天早晨，她都要去阔叶林的空地上练习舞蹈。鹿转圈圈，她的影子也转圈圈，谁见了都说鹿跳得美。今天，鹿又去练习舞蹈，在转圈圈的时候，她那漂亮的角勾住了影子的一角，把影子刮破了一个洞。眼看舞蹈大赛越来越近了，鹿得赶紧把影子修补好才行。

"鹿，你的时间紧，你排在我们前面吧。"

大个子鼠和小个子猫主动站到鹿的后面。

别的小孩儿玩跳房子的时候，鳄鱼总是躲在一边，他从来不跟大家一起玩。鳄鱼不是不想跟大家一起玩，他……他只是怕别人嘲笑他，因为，他虽然长得高高大大，却有一只小小的影子。

"别担心，影子剪裁师一定会给你一个适合的影子。"大个子鼠和小个子猫安慰着鳄鱼，他们还把鳄鱼拉到前面的队伍里。

来找影子剪裁师的人真不少，不一会儿，影子剪裁铺前就排起了长长的队伍。

大个子鼠和小个子猫总是对每一个人说："没关系，我们不急。"他们站到队伍的最后面。

铺子开门了，影子剪裁师搬了一张悬挂凳子坐到铺子门口。

她拿出一块乌黑乌黑的布，又拿起剪刀在布上绞了几刀，一个影子就绞了出来，和小猪丢掉的影子一模一样。小猪高高兴兴地带着影子离开了。

影子剪裁师又在那乌黑乌黑的布上剪下一块，拿出针线补在鹿的影子上，把那个破洞补得密密实实。

鳄鱼犹犹豫豫地把自己的小影子拿给影子剪裁师看。影子剪裁师用一根尺子给鳄鱼仔细丈量了尺寸，然后照着尺寸在黑布上剪下一个影子，那影子和鳄鱼的高矮胖瘦是一样的。鳄鱼兴奋得跳起来，以后，他再也不用躲躲闪闪地怕大家笑话了。

队伍一点一点在缩短，每一个从影子剪裁铺离开的人都是欢欢喜喜的。天快黑时，队伍里终于只剩下大个子鼠和小个子猫。

轮到大个子鼠和小个子猫的时候，他们才发现，影子剪裁师的黑布已经用完了。

算了，还是回家吧，大个子鼠和小个子猫拖着两条破破烂烂的影子往回走。

影子剪裁师叫住他们："要是你们不嫌弃，我这里还有一块布。"说着，影子剪裁师拿出一块花布。

大个子鼠和小个子猫拥有了全世界最最漂亮的两个影子：两个花影子。

（米吉卡）

# 面条雨

大个子鼠和小个子猫从来就不是一对天敌，而是一对亲密无间的好朋友……

这天是敬老节，大个子鼠和小个子猫约好了一起去看100岁的乌龟公公。

跨过新造的铁路，绕过一小块金黄的麦地，就到了乌龟公公家。

"乌龟公公，您在吃什么？"小个子猫问捧着个蓝花碗的乌龟公公。

"我在吃面条。"乌龟公公说，"年纪大了，面条容易消化。不过这是最后一碗面条了。"

大个子鼠和小个子猫很吃惊："您为什么这样说？"

乌龟公公说："我的意思是，我家已经没有面粉了，而面条是用面粉做的。面粉是怎么来的呢？"

小个子猫说："是从商店里买来的。"

乌龟公公摇摇头："面粉来自麦子，就像米来自稻子。你们看见

我门外的麦地了吧？"

"看见了。"

"春天把麦子种下去，要到秋天才能成熟，绿色变成金黄色。收下麦子，要用它磨粉，用它筛面。"

乌龟公公用手指着——第一个"它"是一盘石磨，第二个"它"是一个筛子。

乌龟公公说："我能活到100岁，全靠不停地活动。推磨锻炼我的双臂，筛面锻炼我的腰。可是毕竟上了年纪，要去收割成熟的麦子会感到吃力的。"

正说着，外面响起风声。这风来得很突然。

他们朝门外张望。

看着光秃秃的麦秆，大个子鼠惊叫起来："麦穗全被风卷走了！"

紧接着，他们听见"轰隆隆"的雷声。

乌龟公公嘟囔着："这很像推磨的声音……"

小个子猫抬头看："天色暗下来了。"

大个子鼠说："好像有点下雪了。"

小个子猫不相信："秋天怎么会下雪？"

但天上真的纷纷扬扬飘下了雪花。不过这雪花不够白，而是黄黄的。

乌龟公公伸出手掌，雪花落到他的掌心却没有融化。

"这不是雪，"乌龟公公惊讶地说，"这是麸皮呀。"

大个子鼠问："麸皮是什么呀？"

乌龟公公说："就是麦子磨过以后，被筛掉的碎壳。但筛面时落下的是面粉，留在筛子上的是麸皮，现在却是麸皮落下了。"

"那也可能留在上面的是面粉了。"大个子鼠说。

这时麸皮雪停止了。天空重新变得晴朗，出现了白白的云朵。

小个子猫指着其中的一朵云说："它很像一块面团呢。"

大个子鼠说："真的有点像。"

大个子鼠和小个子猫跑出屋子，仔细端详那块像面团的云朵。

"你看，"小个子猫说，"像是在下小雨呢。"

大个子鼠觉得有什么东西掉在他头上，一摸，"咦，是一截面条！"

现在情况很清楚了——那些麦穗被风卷上天后，"轰隆隆"地被磨了一遍，然后筛出面粉，揉成面团云，最后下起了面条雨。

大个子鼠和小个子猫手忙脚乱地接着面条。

不一会儿，面团云不见了，它们全变成了面条，被大个子鼠和小个子猫堆到乌龟公公家里。

大个子鼠替乌龟公公发愁："这么多面条，您怎么吃啊？"

乌龟公公说："把它们晒成挂面，够我吃一年了。"

直到现在大个子鼠还觉得不可思议："这天真怪，平时不会下面条的呀。"

小个子猫说："只有特别的日子天上才会下面条，你忘了，今天是敬老节啊。"

（周　锐）

# 千里追蚊记

　　这事儿，据我仔细考证，不在唐朝就在宋朝，不在宋朝就在明朝，反正是出在一个有着这样那样的"大侠"的朝代。

　　凡是大侠都有个响当当的绰号。咱们这位大侠人称"蚊阎王"，一听就知道，他是个对付蚊子的高手。

　　凡是大侠都有几件特别的兵器、随身的宝物。咱们这位大侠有这么几件：驱蚊扇，扫蚊巾，醉蚊席，听蚊枕。说来稀罕，其实它们并不起眼。驱蚊扇是一把哗哗响的破蒲扇，但因大侠功力深厚，轻轻一扇，就能使蚊子们翻着跟头跌出十丈以外。扫蚊巾是一条旧腰带，如长鞭一般"叭叭"地抡起来时，飞蚊应声毙命，从无虚发。醉蚊席则是一条发黑的草席，由于多年未曾擦洗，上面的体臭、汗酸加上呕吐出的残酒馊饭的气味，大概还有别的什么气味，混合成一种奇异的怪味，使飞过这条席子上空的蚊子无不神经错乱，平衡失调，像醉汉一样倒撞下来。最有趣的是听蚊枕，这是个方形中空的瓷枕，蚊阎王入睡前总要施展他那徒手擒蚊的绝技，转眼间捉来百十只蚊子，关进瓷枕，堵上出口，于是听着"嗡嗡"的蚊鸣，酣然入梦。因为大侠早年流浪时，经常被蚊群困扰，这"嗡嗡"声已成了他的催眠曲了。

当年这小流浪汉被蚊子咬急了，于是苦练出杀蚊绝技，终于功成名就。蚊阁王威震天下。蚊子们知道他的厉害，轻易不敢侵犯他的宅院。到后来，他所住的整个县城蚊虫绝迹。蚊阁王开始发愁了——经常有武林高手闻名来访，他得给人家表演杀蚊绝技，没有蚊子怎么表演呀？不能表演，谁相信他是蚊阁王呀？再说，有好多他的崇拜者上门来拜师学艺，他要教徒弟，也总得示范几下，没有活蚊子能行吗？没有活蚊子，晚上的催眠曲也听不成了呀！

蚊阁王在各地的亲朋好友便开始为蚊阁王留心着搜集蚊子、捎带蚊子。蚊阁王也定了规矩：凡来拜师学艺者要交足一百只蚊子作为报名费。在这种情况下，很自然地，蚊贩子出现了。什么东西紧张就"倒"什么呗。于是各地名蚊源源不断地被送到蚊阁王府中。

一天，来了位倒爷，捧着个透明精致的水晶盒子。

"大侠，我给您送蚊子来啦。"

蚊阁王朝盒子瞟了一眼，"哟，还挺讲究。"

倒爷说："宝马配金鞍嘛。大侠，您是内行，咱不敢糊弄您，您瞧瞧个头儿，瞧瞧这皮色，这腿，这腰，多有劲儿，嘿！"

"把盒子打开。"蚊阁王说。

倒爷吃一惊，"打开，还不飞了？"

"就要瞧它飞呢。"

倒爷遵命开盒，那蚊子便在堂上飞舞起来。

蚊阁王以手捻须，静心鉴赏。用目观之，身姿矫捷；侧耳听之，

"嗡"声嘹亮。眼看蚊子就要飞出窗外，蚊阎王不慌不忙，腾身离座，一个"白鹤冲天"之势，伸出二指将蚊子捉拿回来。如此几纵几擒，方才满意地将蚊子收回盒内。问倒爷："你要多少？"

倒爷说："我在十六铺买它，花了二十两。加上运费、饲养费、管理费……少算些，您给三十两银子吧。您不会吃亏的，这样棒的蚊子，您使唤到立冬都没问题。"

蚊阎王买下这蚊子，并给起了个漂亮的名字，因为它住的是水晶盒，便叫它"水晶居士"。

"再过几天，即是我干爹铁罗汉的八十寿辰，各路英雄都要来祝寿献艺，到时候正好靠这水晶居士露一手。"蚊阁王这样打算着，并扎扎实实地将水晶居士训练了一番。

到了铁罗汉寿辰那天，轮到蚊阁王表演了，只见他跃入场中，朝众人一拱手：

"今日难得群英聚会，小弟特地准备了一点彩头，搞个'有奖竞技'。请看这只蚊虫儿，"蚊阁王掏出水晶盒，"上场者若能在一炷香燃尽前，身上不留一点蚊叮痕迹，奖一锭银子。若能捉住此蚊（打死也可以），奖一锭金子。"

众人哄然。

蚊阁王便打开盒子，那水晶居士振翅而起，绕着场子转起圈来。

"洒家先来试试！"

抢先下场的是一个胖大和尚。只因他不守清规，惯爱拈花惹草，大家便叫他"桃花和尚"。这和尚脱去僧袍，露出一身黑肉。没等蚊子近身，便"飕飕"地使起一路又疾又猛的掌法。此掌唤做"八面旋风掌"，是桃花和尚的看家本领。胖和尚知自身臃肿，逮不住蚊子，但想只要把这犹如铜墙铁壁般的旋风掌打完一炷香时分，蚊子钻不了空子，银子即可到手。

一炷香烧尽，桃花和尚停住掌势，喜滋滋正待领奖，忽然全场哄堂大笑。

和尚惶惑之际，这才觉得背后作痒，忍不住伸手去抓。

原来，那轻灵刁钻的水晶居士早就在和尚背上叮出许多小红疙瘩，奇的是这些红疙瘩排列有序，宛然缀成一朵艳丽的桃花。

　　紧接着"气口袋"出场。他因为气功厉害，善于喷气伤人，才得此称号。

　　只见他鼓起两腮，噘唇发气。众人顿觉奇寒扑面，一股怪风呼拉拉掀起四壁字画。

　　那蚊子东挪西闪地躲避着气口袋的气功喷射。

　　眼看一炷香又将燃尽，气口袋转得眼都花了，仍难得手。他情急之下，改喷为吸。那蚊子猝不及防，"嗖"的一下，竟被气口袋吸入口中！

　　大家看得呆了，随即齐声喝彩。

　　可是水晶居士是一只不寻常的蚊子，众人喝彩声未歇，它竟又从气口袋的鼻孔里钻了出来！

　　接连十多位好汉上场较量，都未能讨到便宜。

　　"诸位请歇息，小弟献丑了！"最后蚊阁王喊道。

　　原来，蚊阁王故意让好汉们在他的蚊子面前纷纷出丑，这样才更能显出蚊阁王身手不凡，技压群雄！

　　只见蚊阁王跳跃如脱兔，奔走似惊鹿，回转或缠绕赛狡蛇，扑抢胜恶虎。那蚊子只是退让，遑论进攻。蚊阁王摆了几个架式，最后一着"苏秦背剑"——腾起空中，用右手二指从背后绕过，一下揪住蚊子的左大腿。

　　蚊阁王在各路英雄面前大大地露了脸，好不得意。

（周　锐）

# 克隆之后

"梆梆梆 ……"格林太太打开门，门外站着格林先生。

"噢，先生您找谁？"

"我……我找格林太太。"格林先生回答。

"您对她了解吗？"

"噢，当然。我和她都出生在佐治亚州。我们在二十岁那年一见钟情，三年后我们便手挽手走进了教堂——那天她穿着白色的婚纱，像天使一样，漂亮极了！"格林先生甜甜地回忆着。

"噢！亲爱的。"格林太太欢快地说，"你的确是我的丈夫！"说着便拉格林先生进屋。

"慢着！"格林先生疑惑地看着格林太太，"夫人，你认识格林太太吗？"

"噢！当然了。"

"那么，你知道她最喜欢什么吗？"

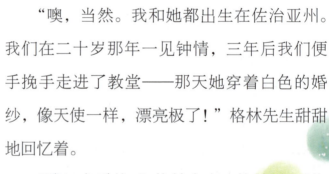

格林太太不假思索地说："当然是珠宝了，另外还有首饰、衣服、香水等。"

"嗯……她有孩子吗？"

"噢！当然。她的孩子叫吉姆，是个活泼可爱的孩子，他十岁了，我很爱他……"

"行了！"格林先生不耐烦地说，"你是我的太太。我累了，这一身人造皮膜真不舒服。"

格林太太也无可奈何地说："为了防止细胞被盗，只有如此了。如果被人偷去克隆就麻烦了。"

"那你和孩子总认得出我嘛，可以为我证实呀。"

"还是小心为好。"格林太太小心地说，"报纸上说日本首相又被人克隆了，现在正由专家确认呢。科技越发达越让人担心，我看还是别发展什么科技了！"

"不发展科技，人类怎么发展？难道就滞留在这里不动？亲爱的，虽然科技有一些负面效应，但贡献却是巨大的。"

"我不懂什么大道理，我只知道好好生活。"

格林先生默然了。

"梆梆梆……"随着敲门声，是一声清脆的欢叫："妈咪，爹地，我回来了！"

格林太太一听，欢喜地说："是吉姆！"说着，便跑着去开门。

格林先生连忙把她挡在身后,自己小心地开门,见儿子吉姆站在门外,就问道:"你是吉姆吗?"

"是。"

"多大了?"

"我……十岁了。"

"嗯……早上走之前,我对你说了什么?"

"早上?呃……'路上走好'。"

"不对!"格林先生失声喊道,马上想关门。

"不不,是'科技真好'!"孩子连忙说。

"啊……对!乖孩子,进来吧!"暗号对上了,格林先生嘘了口气。

吉姆终于进来了,格林太太抱住委屈的儿子说:"好吉姆,我的乖孩子!我们吃饭吧。"

机器人端上饭食,格林一家拿起了刀叉。这时,有人用钥匙开门!

"啊!"格林一家愣了。

门开了,门外站着同样惊讶的格林一家。

你知道什么是克隆吗?你觉得克隆能给人类带来哪些好处,又可能产生哪些不良后果?

(杨书森)

# 我血管里流的是可乐

乔皮奇最不喜欢上课，可今天他听了老师的课，直想笑。

老师说："我们的血管里流的都是血液。血液是怎样形成的呢？我们喝了水，水渗过细胞壁，就流到血管里去，跟红细胞形成了血液。"

乔皮奇想：嘿，我从来不喝水，只喝可乐，难道我血管里流的都是可乐吗？

下一节体育课，乔皮奇不幸摔倒在篮球架下面。乔皮奇的手破了，流出了血。

"哎呀，好脏！"米丽发出尖叫，"乔皮奇你的血液和泥巴混在一起，都变成咖啡色了！"

赶快送去卫生室清洗消毒。护士拿着药膏却不敢往乔皮奇的伤口上涂。"天啊，"护士发出尖叫，"你的血是咖啡色的！"乔皮奇舔了一口"血"，更正道："不，是可乐色！"

乔皮奇血管里流的是可乐，这件事真让人可乐！回到教室，同学们把乔皮奇围在中间，乔皮奇觉得自己像个英雄。

"乔皮奇，让我看看你的伤口。"米丽说。乔皮奇举起手指，上面缠满纱布。

"哇，都包好了耶！"鲁胖说，"味道怎么样？"

"嘿，你怎么三句话不离吃？"乔皮奇撇嘴，"话说回来，我乔皮奇的可乐血，味道当然顶呱呱！"

"我能不能尝尝？"

"当然……啊？"乔皮奇吓了一跳，"你想当吸血鬼呀？"

"如果你血管里流的是血，那就是吸血鬼，可现在流的是可乐，没关系吧？"

乔皮奇正想反驳，突然感到胳膊上刺痛。低头一瞧：哎呀，丁星星拿圆规刺破了他的皮肤，正在吸"可乐"呢！

"啊！"丁星星抬起头，学啤酒广告里的男主角一样舒畅地大叫，"绝对美味！"

同学们全拿着圆规冲过来，乔皮奇吓得急忙逃跑。

跑回家里，总算安全了。不过，那些记者队、狗仔队可没放过他，在他家周围架起了摄像机、窃听器，还动用了直升飞机！

"当名人的感觉真不好啊！"乔皮奇感叹。

乔皮奇不敢外出了。他拉上窗帘关好房门，把房间布置成密不透风的监狱。打开电视，却发现电视上正在现场直播"可乐男孩的起居生活"——原来电视台动用了最新型的"透视摄像机"，能穿透墙壁拍摄！乔皮奇想逃到月球上去！

丁零零，电话响了。乔皮奇拿起电话，准备把记者痛骂一顿。电话里的声音却让他一愣："嗨，想获得自由吗？"

"想，"乔皮奇想也不想地回答，"你是谁？"

"午夜十二点，你自然知道。"

半夜，记者们都睡着了。一个黑衣人动作敏捷地顺排水管爬入乔皮奇家。他带乔皮奇坐上"钻地飞车"，一直钻到地下五百米深的基地里。

"哈哈，那些记者再也不能来烦你啦！"黑衣人仰天大笑。

"谢谢你。"乔皮奇说。

"拿什么谢我呢？"黑衣人不怀好意地笑。

"我……"乔皮奇想了想，从口袋里掏出一枚硬币，"这是我上次玩游戏机剩下的，送给你吧。"

啪！黑衣人将游戏币打飞："哈哈，我要的是你！我尝遍了天下美食，却从没喝过人体饮料！从今天起，你就是我的'饮料'了！"

天啊，自己被坏蛋囚禁了！这还不算什么，更可怕的是，坏蛋会经常刺破自己的身体喝可乐，而自己又会源源不断地产生可乐！

这样的日子将没有尽头！

被坏蛋关了三天，乔皮奇再也忍不住了。他发现坏蛋床头放着安眠药，就冒险吞下肚。

"但愿老师讲的知识正确，安眠药的成分会渗透进细胞，进入可乐血液……"

老师讲得当然没错，坏蛋喝了乔皮奇的"可乐血"后，倒下呼呼大睡。乔皮奇也在呼呼大睡，不过比坏蛋提前一点点醒过来。他从坏蛋腰上解下钥匙开了铁门，然后开着钻地飞车直接钻进警察局。警察先生顺着大窟窿进入地下基地，逮捕了黑衣人：他正是全球头号通缉犯，原来躲在地下！

乔皮奇成了英雄。不过，他再也不敢喝可乐了——生活中不能喝可乐，岂非少了一大乐趣？不不，应该少喝可乐，多喝水，这样血管里流的还是血液。

受到可乐血的启发，乔皮奇给猪吃小麦，给鸡喝碳酸，猪的血管里流的就是啤酒（啤酒是小麦酿造的嘛），而鸡的血管里流的是碳酸汽水！这样一来，连家禽家畜的血管都利用上啦，乔皮奇获得了诺贝尔农业奖！

领奖时乔皮奇说："每件事里都有黄金，就看你会不会挖掘！"

（李志伟）

# 飞行城市

老师讲得娓娓动听，大奇望着天空发呆。

"李大奇同学，"王老师点名，"发呆是女同学的专利，你怎么'侵权'呢？"

大奇脸也不红："老师，云彩为什么能漂浮在空中？"

"因为它比空气轻。"

"如果把云彩垫到房屋底下，房子能不能飘上天？"

"这个……理论上可以，可是没人尝试过。"

没人试过，就由大奇来试呗！

一台吸管超长的吸尘器伸到了天上，云彩被吸入。吸尘器摇摇晃晃，好像要飞起来。"不好！吸尘器装不下，快连通下水道！"大奇大叫。这样，美丽的云彩就被注入了下水道。下水道四通八达，当它被云彩灌满后，整个城市的底部都由云彩组成。

城市摇摇晃晃，市长很生气："气象部门怎么搞的，地震也不事先预报。"气象部长说："这事归地质部门管。"地质部长说："天上

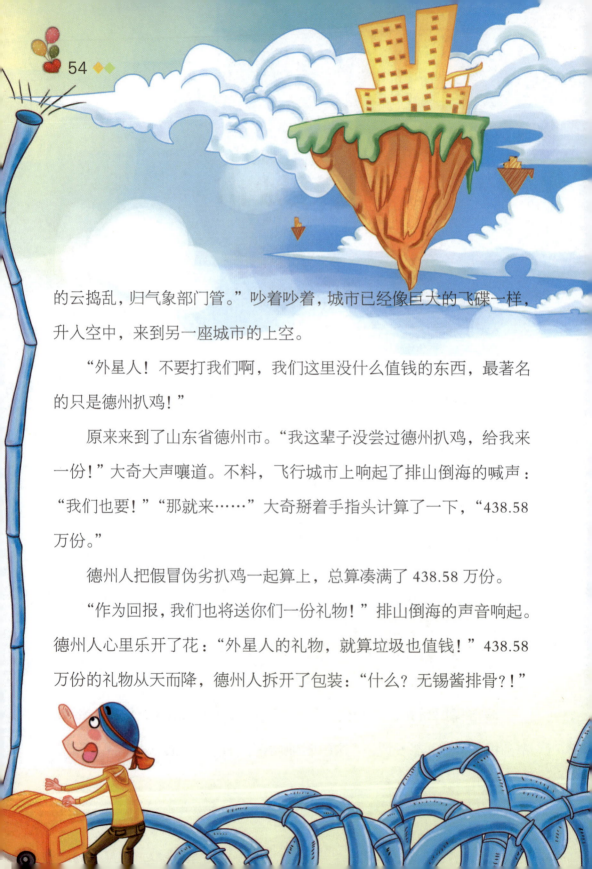

的云捣乱，归气象部门管。"吵着吵着，城市已经像巨大的飞碟一样，升入空中，来到另一座城市的上空。

"外星人！不要打我们啊，我们这里没什么值钱的东西，最著名的只是德州扒鸡！"

原来来到了山东省德州市。"我这辈子没尝过德州扒鸡，给我来一份！"大奇大声嚷道。不料，飞行城市上响起了排山倒海的喊声："我们也要！""那就来……"大奇掰着手指头计算了一下，"438.58万份。"

德州人把假冒伪劣扒鸡一起算上，总算凑满了438.58万份。

"作为回报，我们也将送你们一份礼物！"排山倒海的声音响起。德州人心里乐开了花："外星人的礼物，就算垃圾也值钱！"438.58万份的礼物从天而降，德州人拆开了包装："什么？无锡酱排骨？！"

飞行城市继续飞，一路上撒下鸡大腿……的骨头。

越过外国 A 市的时候，他们被误以为是外星侵略者。"分开飞吧，不然我们会受到攻击。"大奇一声令下。于是飞行城市分散开来，家家户户各自飞向地球不同的角落。

这一天，地球各个角落都出现了亿年不遇的奇景：天上不是下雨，而是下楼房！

大奇将飞行城市的秘诀向全世界公开，让所有的人都体验地球飞行、宇宙航行的快乐！

这势必像酱排骨一样，让这座城市誉满全球！

（李志伟）

# 鼻孔避难所

嗨，我叫巴豆！我最大的优点，就是喜欢挖鼻孔。挖呀挖，鼻孔越挖越大。大到什么程度呢？举例来说，有一天牛猛来找我，慌慌张张地说："巴豆，让我在你的鼻孔里躲一躲！"

我大吃一惊："不会吧，我鼻孔里那么脏，你也愿意藏……"

话音未落，"嗖"的一声，牛猛就钻进我的鼻孔！接着牛猛的老爸牛老猛来了，大呼小叫地问："巴豆，有没有看见牛猛？他数学竟然只考了1分，我小时候是他的两倍！"

我摇头说："没有……"

牛猛在鼻孔里说："轻点，小心把我晃出去！"

我的鼻孔竟然救了牛猛！消息传出去后，考试不及格或者做了好事不留名的同学都来找我。只要往我的大鼻孔里一钻，什么危险啊、记者啊都躲过去了。后来连市长都来找我了："巴豆同学，马上就要发洪水了，能不能把城市装进你的鼻孔啊？"

"当然可以，不过洪水来了我怎么办？"

"你可以坐直升飞机飞走呀。"

于是我把城市塞进左鼻孔，坐上直升飞机升起。洪水咆哮而来，一看眼前是空地，就泄气地说："不是明明写着这里有座城市吗？看来网上的消息也不一定准确！"

洪水消退，我名声大噪。最后连联合国秘书长都来找我了："巴豆先生，外星人要进攻地球了，请问能不能……"

我连连摆手："不行不行，把地球装进鼻孔，我站在哪里呀？"

"不是装地球，而是利用您伟大的大鼻孔，把外星人打败！"

啊，原来如此，这个简单！外星人的舰队来了，蓝色的天空布满狰狞的光点。我猛地一吸鼻子，呼——一股超超超级飓风刮过，把它们都吸进大鼻孔啦！我再打一个超超超级大喷嚏："啊——嚏！"外星舰队就被喷到银河系外面去，估计用超光速也得一百亿年才能飞回来！

喷完外星舰队还没完，我的鼻孔里还喷出瓜子皮、鸡骨头、羊肉串竹签、可口可乐罐子、汉堡包包装纸等等。我一看就生气了："在我的鼻孔里乱扔垃圾，还懂不懂文明礼貌？"

我做了一个强硬规定：进我的鼻孔可以，但必须打扫卫生，省得我老挖鼻孔！

（李志伟）

# 关声音的监狱

国王巡街的时候，听见有人喊："快看啊，国王的脑袋像个大南瓜！"

国王听了，心里美滋滋的："瞧啊，我的子民赞美我！"回到王宫，国王特意到厨房一瞧：哇，原来南瓜是这么难看的东西，老百姓是骂我！

国王气得不得了，可是又没办法：你总不能把那个讨厌的声音砍了脑袋吧？国王吃不下饭、睡不着觉，仅仅三天的时间，体重就狂减五十公斤！现在我们的国王太瘦了，只有三百公斤！

御医来了，望闻问切，用耳勺从国王的耳朵里掏出一句话："快看啊，国王的脑袋像个大南瓜！""我不要听这句话！"国王大叫，"快把它关进监狱！"

于是，大臣们就建立了一个"关声音的监狱"，把这句难听的话关了进去。大臣们派出强悍的士兵，举着捕蝴蝶的网，在城市里穿大街走小巷，把国王不喜欢听的话全部抓起来。

大家发现地上有一句话在叽里咕噜乱跑。士兵一个鱼跃就将这句话扑在网中。仔细一听，这句话是："国王有双大臭脚！"

"咦？"士兵不禁点头，"我也有同感啊！"话一出口，马上被将军听见："这也是一句违法的话，要关进监狱！"

这句话可真聪明，像皮球一样"噌"地弹起来，躲到茂密的树林中去了。树林里有好多可爱的小鸟，有的小鸟唱："叽叽叽！"有的小鸟唱："喳喳喳！"有的小鸟唱："国王有双大臭脚，我有同感！"

嗨，那根本不是小鸟，那是士兵说的话！将军一急，将大树连根拔起，总算抓住了那句话，顺便还抓住了几十只倒霉的小鸟！

就这样，士兵们在王国里转了一大圈，满载而归。他们将捉来

的声音关进监狱，这些声音就再也不能打扰国王了。

可是第二天清早，国王又不高兴了：不知从哪里飞来一群鸽子，从外面衔来几十句话："国王怕我们的声音耶，真是个胆小鬼！""国王躲在皇宫里不敢出来，真是个缩头乌龟！""国王才不像乌龟，他肥得像头牛！""国王……"

"哇呀呀！"国王发出咆哮，"气死我了！"王后前来解围："昨天的话关进来，老百姓今天又说话了呗！""那我命令你，把今天、明天、后天的话，统统给我关起来！"

将军急忙行动，将所有难听的话关进监狱。监狱被撑得像个大

圆球，马上就要爆炸了。这时候，一位士兵抓来了今天的最后一句话："国王是个昏君，我们把他赶下台吧。"

"啊？"将军大惊，"这句话一定得关！"

将军和十万士兵一齐使劲，将这句话塞进了监狱！这时，只听"轰隆"一声，"关声音的监狱"爆炸了！无数声音向四面八方飞去，各种各样的声音响彻大地——

"国王是个南瓜脸！""国王有双大臭脚！""国王是个大笨蛋！""国王是个胆小

鬼！""国王肥得像头牛！""我们把国王赶下台！"……

此时此刻，国王正在阳台上呼吸新鲜空气，无数难听的声音从他身边飞过！他气得大叫三声，身体顿时像气球一样瘪了下去。大量的油水从他身体里流淌出来，他迅速减肥二百五十公斤！

"天哪！"瘦弱的国王跪下，抱住脑袋，"到底要我怎么样，才能制止老百姓说我的坏话呢？"

王后将手温柔地放在国王肩上："老百姓的声音是关不住的，你如果不想听难听的话，只有一个办法……"

"什么办法？"国王抽泣着问。王后笑了："对老百姓好一点，让他们打心眼里爱戴你，就不会说你坏话了。""真的？"国王眨巴着眼睛问。王后认真地点头。

"好吧，"国王站起来说，这时——"嗖！"一句话擦着国王的鼻子飞过，"国王知错不改！"

"给我一个机会！"国王对着天空喊，"总有一天，你们赞美我的话语，会漫天飞舞！"

（李志伟）

# 遇见火星女孩

"UFO"的本意是"不明飞行物"……

上学途中，天空突然掠过一个巨大的火球。

大奇停住了脚步，抬头指天，大喊："天啊，UFO！"

"UFO"并不是指飞碟，本意是"不明飞行物"，有可能是穿越大气层燃烧的流星，也有可能是坠落的卫星碎片。

但是，这个 UFO 也太大了。它越是逼近地面，越是发出震耳欲聋的声音。必须紧紧捂住耳朵，你才能稍微好受点。

"轰隆"一声巨响，大地震颤。不用说，是 UFO 坠落了。

远处，一缕黑烟缓缓升起。

上学快迟到了，可是大奇想起爸爸常说的话："生活平淡无趣，所以碰上任何奇遇，都不能放过，它将成为你今后温馨的回忆。"

课天天可以上，可 UFO 不是天天能看到的！

大奇拔腿便朝黑烟跑去。

眼前的景象令他震惊：以坠落点为中心，所有的树木都呈辐射

状朝外倒去。坠落点有一堆废墟在燃烧，烈火熊熊。

然而，他并不是第一个赶到现场的人。在离废墟很近的地方，一个女孩正呆呆地站着。她的皮肤通红通红，也许是火光映衬的吧。

大奇走近，看见女孩脸上挂着泪珠。

"我的家……"女孩喃喃自语。

"UFO 击毁了你的家？"大奇问。

"不，UFO 就是我的家，我来自火星。"

大奇伸出手："你好，我叫大奇，你呢？"

"我叫肃霜。"

"肃霜？好怪的名字。"

"肃霜是凤凰的别名，代表浴火重生。"

"哦，"大奇长知识了，说，"你的家没有了，现

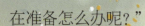

在准备怎么办呢？"

"我可以跟你走吗？"

"当然，只要你不嫌我帅。"

大奇在前面走，肃霜在后面跟着。过了一会儿，肃霜憋不住问道："哎，应该说'不嫌我丑'吧？"

大奇哈哈大笑，说："同学之间开玩笑，故意这么说的！"

到了学校，正在上课的王老师瞪了瞪大奇，问："第 N 次迟到，让我说你什么好？"

"那就别说了，"大奇指着肃霜说，"老师，这是……我表妹，她可以来上学吗？"

"当然可以。"

就这样，肃霜加入了大奇的班级。听了一会儿课，她的脸上露出奇怪的表情。

"肃霜同学，"王老师发现了，问，"你有什么问题吗？"

肃霜站起来问："老师，这是五年级吗？"

"是呀。"

"那为什么教一年级的课程呢？"

王老师瞠目结舌，说："一年级教混合四则运算，不可能吧？"

"可在我们星球上，五年级就学微积分了。"

"你来自哪个星球？"

"火星。"

哄堂大笑。鲁胖捂着肚子，在过道上打滚。

"幽默幽默！"鲁胖兴奋地嚎叫，"原来你是火星女孩，哈哈！"

放学后，大奇带肃霜回家。

"这是谁？"妈妈警惕地问。

"我同学，肃霜。"

"阿姨好。"肃霜礼貌地说。

但妈妈一点也没有松懈，问："我好像没听说你有这么个同学呀？"

"今天新来的，"大奇说，"妈妈，今天肃霜住在我们家里好不好？"

"啊？"妈妈差点摔倒，说："你这么小就把女同学带回家留宿？我不会让陌生人住在家里的。小姑娘，请回！"

肃霜低着头，什么也不说，转身离去。大奇想追，却被妈妈拽回来了。

晚上，大奇怎么也睡不着。肃霜没有家呀，她能去哪里呢？天这么冷，外面还有坏人……大奇爬起来，偷偷溜出门外。

寂静的夜，满天星斗。

来到 UFO 坠毁的地方，没有肃霜的影子。但奇怪的是，那火焰依然在燃烧，火焰里面，隐隐传来哭泣声："嘤嘤，嘤嘤……"

"肃霜？"大奇喊，"是你吗？"

哭泣声突然停了。

"肃霜？"大奇提高音量喊，"如果你在的话，请你出来！"

火焰中，幽幽地传出一个声音："出来又有何用？"

像是肃霜的声音，但人怎么可能在火里呢？四周漆黑，大奇心里发虚，急忙跑回家了。

第二天，肃霜又来上学了。今天学校组织郊游，同学们坐着大客车来到几十公里外的山区。

"学校组织的路线最没劲了，"鲁胖撺掇大家，"我认识一个地方，风景美得没话说！"

鲁胖朝另一个方向跑去，大奇和许多同学跟在后面。肃霜不想离大奇太远，只好默默地走在最后。

摸到鲁胖所谓的"景点"时，天空突然下起暴雨，大家只好躲进山洞。这雨好像故意跟他们作对似的，一直下到半夜都没有停的意思。王老师肯定在找他们，可谁能想到他们会躲在这个野兔都不来的山坳坳里呢？

夜寒如同刺刀，戳进同学们的身体。女同学双手抱着双脚，冷得浑身发抖。男同学将衣服给女同学裹上，自己却冻得牙齿打架。

这里面，只有肃霜一个人好像没事一样。

这个寒冷的夜晚特别长，好像永远也不会结束。许多同学困得打瞌睡，可刚睡着又被冻醒。痛苦的半梦半醒之间，突然，肃霜站到人群中央，猛地张开双臂，身体"蓬"的一声就燃起了大火！同学们吓得惊叫，大奇还想扑上去灭火。肃霜在火中说："别怕，这是我自身发出的火焰，不会烧伤自己的。"

有了篝火，山洞里渐渐暖和了。同学们渐次睡着，火焰的影子在岩壁上摇曳……

第二天，大奇醒来。火已熄灭，地上只剩一堆灰烬。王老师和警察叔叔找来了，他们抱住同学们，激动得热泪盈眶。

"肃霜呢？"王老师问。

大奇看了灰烬一眼，说："可能回家了……"

后来网上传出一条爆炸性新闻，说火星探测者16号，在火星环形山的一个深洞里，发现了城市的废墟。城市里有许多火星人的尸体，看样子是因缺乏食物而死的。废墟有飞船发射的痕迹，也许有些火星人逃离了火星，去外太空寻觅新的家园……

从那天起，肃霜再也没有在大奇的生命中出现过。

（李志伟）

# 大酒店里来了狼

"请问，有没有单人房间？"

"有……"大酒店服务台的小姐一抬头，突然发出尖叫，"啊——狼呀！"

是的，她面前站着一只大灰狼！只见大灰狼身穿休闲服，肩上背着行李，头上戴着太阳帽！

"是我，旅行的狼，"大灰狼礼貌地说，"为什么每到一个地方，人们都用尖叫来欢迎我？"

"有、有、有房间，钥、钥、钥匙你拿去。"

隔着 10 米远，服务小姐将钥匙抛过去。大灰狼接住一看："13 楼 13 室——太不吉利了耶！"

正好电梯停在一楼，好多人走入电梯。

"嗨，等等我！"大灰狼三两步冲过去，按住正要合上的电梯门，急忙说，"抱歉。"

电梯里本来挤满了人，这时突然"嗖"的一下，全都跑没影了！

大灰狼看看空荡荡的电梯，再看看狂奔的人群，感叹不已："真是好客呀！把电梯让给我一个人乘！"

大灰狼上楼后，服务小姐急忙打电话："喂喂，是警察局吗？我们大酒店来了一只狼！半小时之后就是午餐时间，我估计他要吃人！"

什么，这还了得？！警察叔叔立即赶到。他们正要上电梯，一位肥胖的太太突然从电梯里冲出来，痛哭流涕。

"噢，我的天！"胖太太哭道，"噢，我的长筒袜！"

"发生了什么事？"警察叔叔警惕地问，"是不是大灰狼吃了你的长筒袜？"

"比那严重一万倍！"胖太太发出嚎叫，"我的房间被盗了！我丢失了口红、香水、长筒袜，还有脱毛剂和120件时装！"

"你住在哪个房间？"

"13楼12室。"

"好啊，正是大灰狼的对门！"警察叔叔握紧拳头，"多么可恶的大灰狼，他连袜子都吃！兄弟们，给我上！"

警察叔叔冲进13楼13室，大灰狼正泡在浴缸里，用他那摇滚的嗓音唱歌："我是一匹到处旅游的狼……"

刷！警察叔叔掀开浴帘，喝道："大灰狼，你被逮捕了！"

大灰狼吓了一跳，说："下次洗澡我不唱歌了！"

"你盗窃了胖太太的物品！"

"喂，有没有搞错啊，我一直泡在浴缸里！"

"没人能证明！"

大灰狼披上白色浴巾说："我想去现场看一看，行不行？"

"好吧，就让你在证据面前低头！"

胖太太的房间一片狼藉。大灰狼一进去就使劲吸鼻子说："咝咝！

嗯，这个罪犯一定很久没洗脚了，好臭！"

警察叔叔说："怪不得你刚才洗澡！"

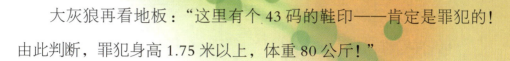

大灰狼再看地板："这里有个 43 码的鞋印——肯定是罪犯的！由此判断，罪犯身高 1.75 米以上，体重 80 公斤！"

"少说废话，伸出手——爪来，让我给你戴手铐！"

"好的，"大灰狼伸手，"哎，你看房顶上是什么？"

警察叔叔一抬头，大灰狼突然把浴巾扔到警察叔叔头上，"哧溜"一下逃跑了！

"好啊，竟敢拒捕！"警察叔叔把浴巾一扔，"看你四条腿快还是我四个轮子快！"

大灰狼在街道上狂奔，引起惊叫一片；警察叔叔开着警车在后面追赶，不时瞄准大灰狼射击。

大灰狼突然停下说："喂，拜托你不要开枪好不好？"

警车停在大灰狼身边，警察叔叔不解地问："为什么？"

"因为：第一，我早在森林里学会了躲避猎人子弹的绝技，你打不到我；第二，打伤了小朋友怎么办？"

警察叔叔点头说："有道理！"

嗖！大灰狼继续跑，警察叔叔继续追！

警车越追越近，这时大灰狼突然跳起，将一个大胖子扑倒在地！

警察叔叔怒火冲天："好啊，光天化日之下咬人！"

咔嚓！警察叔叔一把将大灰狼的手给铐住！大灰狼却指着大胖子说："抓住他，他就是罪犯！"

"什么，你还敢血口喷人？！"

"请看他的包裹！"

大胖子果然背着一个包裹。打开包裹一瞧，里面是：口红、香水、长筒袜，还有脱毛剂和120件时装！

警察叔叔目瞪口呆！

大灰狼冲大胖子龇牙，大胖子急忙说："我坦白，我坦白，都是我干的！"

大酒店盗窃案就这样破了，原来大灰狼不但不是盗贼，还帮助警察叔叔抓住了罪犯！市长先生亲自给大灰狼授奖！

大酒店的服务小姐强烈挽留大灰狼，并且提出可以免费。

"您知道，只要您住在我们酒店，我们酒店的生意肯定好，"服务小姐说，"大家都不用去动物园了，可以到这里看您——天哪，我究竟说了什么呀！"

大灰狼谢过服务小姐的好意，背着行李上路了。一路上，他还是唱着那首歌："我是一匹到处旅游的狼，寻找一个没有歧视的地方……"

（李志伟）

# 超级洗面奶

你见过一种洗面奶能把人洗得面目全非吗？大奇就试过这种——

妈妈说："不许把我的洗面奶跟肥皂混在一起用！"

大奇想："为什么不能呢？"

妈妈一走，大奇就把洗面奶和肥皂水混在一起。他一洗脸，稀里哗啦，眼睛、鼻子、嘴巴全被洗掉啦！这可不行，光板脸去上学，同学们会以为来了妖怪！

大奇赶紧把洗面奶擦干净，然后将五官贴回脸上。

到了学校，同学们还是发出惊叫："哎呀，大奇你今天怎么这么丑？"

大奇对着文具盒上的镜子一照：可不是，眼睛、鼻子贴的位置不对！

幸亏带了"超级洗面奶"，大奇跑进厕所，先把五官洗下来，然后小心翼翼地把眼睛、鼻子贴对地方。嗯，现在看起来好多了！

回到教室，焦点已经转移到杨柔身上：杨柔正在抽抽嗒嗒地掉"金豆"。

"怎么了？"大奇问，"我变难看了，你也不用这么伤心呀！"

"谁为你伤心呀，"杨柔生气，"我是为自己伤心！"

鲁胖撇嘴："我说她五官没长对地方，跟你刚才一个样，她就哭了。"

大奇叹气："唉，女孩子跟我来！"

大奇把杨柔拽到男厕所，杨柔死活不肯进去。大奇只好把"超级洗面奶"递给杨柔，并详细告知使用方法。杨柔半信半疑地走进女厕所，过了一会儿，女厕所走出一个漂亮得令人头晕目眩的美女。

"杨柔怎么还不出来？"大奇怀疑，"请问朱丽亚萝卜丝小姐，你有没有……什么，萝卜丝？！"

是的，眼前这位大美女，不正是著名影星朱丽亚·罗伯茨吗？

"大奇，我是杨柔呀！"萝卜丝说，"我把自己的五官按照朱丽亚萝卜丝的脸重新摆放，好不好看？"

大奇直翻白眼："好看是好看，可你这样子，谁还认得你呀？"

杨柔只好噘着嘴回去，将五官重新安排。现在看起来还是杨柔，不过比原来顺眼多了。

杨柔一进教室，女同学就都呆了，都围上来问："哇，杨柔你这

么短时间就做了整容手术啊？效果不错嘛，疼不疼？"

"不疼，是用大奇的洗面奶洗的。"

女同学又围住大奇："大奇，什么洗面奶这么神奇？能不能公开呀？"

大奇得意极了，不过还是假装板着脸说："这是商业秘密，不能乱说！"

上课了，大奇头一回在第一分钟就开小差。他想："下次学校联欢会，我要把自己'洗'成大帅哥 Rain！"

（李志伟）

# 老房子三号

我们的城市变得非常漂亮！但在一条叫做"黄色街"的街上有一幢房子非常老，所有的住户搬走已经有一年了。这幢房子现在是空空荡荡，一点声音也没有。它看上去像是快老死掉似的，再也不会有人要搬进去住了，但有些孩子对它却很好奇。

"我们进去瞧瞧里面有些什么东西！"波布说。于是大家便涌进屋里去，大声叫喊。他们所能听到的只是空洞的房间所发出的回音。在厨房里，罗茜妮发现了一只白猫在眨着眼睛伸着懒腰。

"只有你住在这里吗？"大家问它。"喵！"它回答说是。"那么你就算是我们的猫了！"罗茜妮说。这只猫儿又"喵喵"地叫了几声。

但是在市政厅里，政府给工人下达了这样一条指示："到黄色街去把那里的三号老房子拆除掉。"

工人们坐着卡车出发了。卡车在三号门口停下了。工人们抬起头来向这房子瞧了瞧，喊道："这不是要拆除的那幢房子！它里面住满了孩子呀！"

于是工人们便离开了。他们在城里各处去找另一条黄色街和另一座三号房子，但他们什么也没有找到。

在厨房里，孩子们围着那只猫坐下来。他们要做一些计划：这座老房子现在已经是属于他们的了。他们将要在这里过有趣的生活！

瞧他们是怎样安排这幢房子的：他们从自己家的储藏室里带来了一些旧木匣子，把匣子又改装成为桌子、椅子。每人都有一个小柜子，里面摆着他们自己心爱的一些东西：金色纸片啦，玻璃球啦，从杂志上剪下来的一些彩色画啦，一些有趣的书啦，小镜子啦，颜料管啦，弹弓啦……

孩子们用彩色纸剪出一些擦嘴用的餐巾。他们还用罐头瓶子做出一些漂亮的花瓶。他们从家里搬来的花钵子，现在也摆在窗台上。这座房子现在又变得年轻了。

但是市政厅又把工人们喊去，向他们传达了关于这个城市的计划，说："就在今天，黄色街上的那座三号房得拆除掉！"

工人们从那幢三号房面前经过了好几次。每次他们都停下来，

对自己说："这并不是一幢老房子呀。它里面住着人，每个窗台上还放着花！"他们都糊涂了。

孩子们把院子也布置了。他们在这里种了芹菜、胡萝卜和草莓。他们还给这个院子修了一围篱笆，接着他们又在大门上公布了一个住户名单。

他们的父母现在发现，要劝说他们的孩子每晚回到家里，回到自己床上去睡觉，倒成了一件相当困难的事了。那只白猫已经对他们宣誓，要效忠于这些孩子。它每天夜里迈开它那天鹅绒般柔软的步子，在这幢房子的周围巡逻，除了主人，什么人也不让进屋。

有一天天气变冷了。罗茜妮在炉子里生起火，给大家煮可可茶吃。十个孩子围着一张大桌子坐下来。这儿确实很舒服，很温暖。

载着工人的卡车又在这座房子面前停下了。孩子们跑到窗口那儿，喊："叔叔们好！叔叔们好！"

"这是我们第三次被派来拆除黄色街三号的房子！不过这并不是一座老房子呀。每次它都显得更年轻。它的烟囱还在冒烟。这里住满了孩子，院子也料理得很好，而且门槛上还坐着一只漂亮的白猫。"

他们回到市政厅来，报告说，黄色街的整条街上只有那座三号房子最可爱。这样，市长在那张要拆除的老房子的单子上，把那三号房划掉了。

（［前南斯拉夫］贝洛奇）

# 啊呜啊呜吃面包

有一面包店卖各种各样的面包，可是，吃了面包后会发生什么事，那就不好说啦……

嘟嘟，嘟嘟，活蹦乱跳玩着的小猪胖助，肚子饿了。嘟嘟，嘟嘟，他跑到妈妈那儿去要点心吃。妈妈正在吱吱地织毛线："胖助，你来得正好，帮妈妈缠毛线吧。"

"可我肚子饿得瘪瘪的呀。"

"那，你到狐狸面包店去买面包吧，吃完面包再来帮忙。"

"是——"胖助赶紧"嘟嘟嘟嘟"向狐狸面包店跑去。

这狐狸面包店有点怪。不卖巧克力面包，也不卖奶油面包。什么肉馅面包、果酱面包、咖喱面包、鸡蛋面包，全不卖。他卖的是：猪模样的"猪面包"、兔子模样的"兔子面包"、大象面包、老虎面包、骆驼面包、狮子面包，还有大猩猩面包……各种各样动物形状的面包。

"哎，哎，一个猪面包，够吗？"

"嗯。"

胖助刚要点头，忽然，他想起妈妈领自己买面包，每次都说："胖

助是猪，所以应该吃猪面包。"妈妈光买猪面包。胖助还一次也没吃过别的面包呢。

可是，兔子面包、老虎面包，好像和猪面包一样好吃。胖助说："今天不买猪面包，给我拿兔子面包吧。"

"咦，你是猪，还要吃兔子面包？"

但顾客说的话就得听，没办法，狐狸往袋子里装进一个兔子面包。

这兔子面包，到底是什么味儿呢？嘟嘟，嘟嘟，嘟嘟，往家跑的时候，胖助忍不住，"啊呜"吃了一口。

呀，真好吃……"啊呜"，一口，再一口，最后，整个面包都"啊呜、啊呜、啊呜"吃完了。

刚吃完，胖助"啪"地变成了兔子。

"咦咦——"胖助吓了一跳。变成兔子，生下来还是头一回。他高兴啊，高兴得那儿蹦蹦，这儿跳跳，又蹦又跳地回到家。

"妈妈，我回来啦！"

"咦，咦，谁是你妈妈？小兔，你弄错家了吧？"

"我没弄错呀。"

"哦，你是找胖助玩的吧？"妈妈笑眯眯地说，"胖助买面包去啦。马上就回来，你先帮我缠毛线吧。"

变成小兔的胖助，往长耳朵上套毛线。

"胖助回来得可真晚，准是在哪儿玩。"

"咕噜咕噜"地缠着毛线，妈妈这样说。

胖助觉得真好笑，差一点笑出声来。

这时候，毛线好容易缠完了。

"小兔，你辛苦了。给你帮忙的报酬，你也去买面包吧。"

"是——"

蹦蹦，蹦蹦，胖助跑到狐狸面包店："叔叔，给我拿面包。"

"哎，哎，一个兔子面包，怎么样？"

"不对呀，叔叔。不是兔子面包，是一个猪面包。"

"咦？呀！怎么回事？小猪来买兔子面包，兔子来买猪面包，今天真是怪日子。"狐狸叔叔眨着眼睛，往袋子里装进一个猪面包。

蹦蹦，蹦蹦，来到半路，胖助把猪面包"啊呜、啊呜……"果然，跟自己想的一样，他又"啪"地恢复了猪模样。

吃了兔子面包变成兔子，吃了大象面包就该变成大象，吃了狮子面包就该变成狮子。

要是吃了老虎面包，去帮忙缠毛线，妈妈会吓成什么样子呢？

这么一想，胖助觉得好笑哇好笑，他"嗤嗤、嗤嗤"地笑着跑回家去了。

（［日］小泽正）

# 七个喷嚏

"阿嚏！阿嚏！阿嚏……"收旧货人的喷嚏那么大，把世界搞乱了。到底怎么回事，请看——

一只兔子、一只小猫和一只狗一起住在一个后院里。

有一天，一个收旧货的人坐在一辆旧的四轮马车上来到这儿。"有旧货吗？有旧货吗？"收旧货的人叫着。这天天气很冷，收旧货的人忍不住打喷嚏了，"唉阿阿阿——"

小兔子、小猫和狗都屏住了呼吸，直到收旧货的人把喷嚏打完。"阿嚏！阿嚏！阿嚏——嚏！""天哪！"小兔子、小猫和狗一起叫了起来。原来，小白兔长上了小猫的黑耳朵，小黑猫换上了小白兔长长的白耳朵，狗张开嘴时，原来有力的"汪汪"声没有了，叫出来的是"喵喵"声。一切都给搞乱了！

小猫看到他的小耳朵在小兔子的头上，就说："把耳朵还给我！"小兔子看到他的长耳朵在小猫的头上，也说："把耳朵还给我！"他们都要把对方的耳朵拉下来，可是都白花力气了。

哎，这全是给喷嚏搞乱的。

"现在，我们怎么办呢？"狗"喵喵"地说着。他们想着、想着，

83

突然小兔子说："我们必须找到那个收旧货的人。"

于是他们出发去找那个收旧货的人。不一会儿，他们碰到一只全身没有羽毛的鹅。她拿着一个小篮子，里面放着她的全部羽毛。

"你好，"小猫、小兔子和狗齐声说，"你看到一个收旧货的人吗？""难道你们没有看到他干的好事吗？"那只鹅气愤地跺着脚，"他的喷嚏打掉了我的全部羽毛！我正要去找他。"于是他们一起上了路。走了一会儿，他们碰见了一只公鸡，他嘴里衔着他的鸡冠，他尾巴上的羽毛长到了他的头顶上。又是收旧货的人干的好事。于是他们又一齐上路了。

走呀走，一直走到一间摇摇晃晃的屋子前，他们看到屋前停着

一辆四轮马车和一匹老马。又听到屋里有人在打喷嚏："阿嚏呀！"这喷嚏把那匹马和四轮马车一起吹向空中，然后又掉在屋顶上。

"对了，对了，就在这里！"他们一齐跑进屋去，把那个收旧货的人团团围住。

"亲爱的朋友们，请别生气，"收旧货的人说，"我一定尽最大的努力，使你们都恢复到原来的模样。"于是他坐下准备打魔力喷嚏。他说："请帮忙在我的鼻子上撒点胡椒粉。"他刚说完，小猫就在他的鼻子上倒了一大堆胡椒粉。

收旧货的人打起喷嚏来。所有的家具飞出了窗口！屋子向空中升去！他的马，那辆四轮马车，连同屋子周围的木栅栏也一同向空中飞去。然后又一起"砰"地一声降落到一块和原来完全不同，比原来美丽得多的土地上。"阿嚏！"小兔子和小猫的耳朵飞向空中，然后又掉下来，各自回到了原来正确的位置上！"阿嚏！"狗跳了起来，并且"汪汪"地叫着，小猫"喵喵"地叫了起来。"阿嚏！"小篮子里的羽毛又重新飞回到鹅身上去了。公鸡的鸡冠飞回到了他的头上，尾部的羽毛也回到了应该长的地方！

一切都恢复了正常！收旧货的人又要打喷嚏了，他大叫着："趁我捂住鼻子的时候，你们快跑！"于是大家都在他打喷嚏之前跑回家去了。

（［美］卡布雷尔）

# 怪怪妞荡秋千

这怪怪妞荡秋千，没有做不到的，只有想不到……

怪怪妞荡秋千，用她那两根又长又粗的麻花辫。怪怪妞荡秋千，不是为了好玩，而是因为她和普通女孩子一样，有个爱吃零嘴的毛病。但是，她毕竟不是普通的女孩子，她喜欢尝新鲜，专吃那些商店里买不着的东西。

你一定会问，荡秋千跟吃零嘴有什么关系呀？你还会问哪个小孩子不喜欢尝鲜呀？还有，商店里买不着的东西，到哪里去尝？倘若你遇上怪怪妞，问她，她肯定是说"荡秋千嘛"！

是的，她就是靠荡秋千，尝了好多好多新鲜的东西。

你瞧，她荡呀荡呀荡的，荡出呼呼的风声来。你尝过风的滋味吗？吸进去凉飕飕的，回味起来甜津津的，比薄荷糖要来得自然清新；要是在桂花树下，或是果树林子里荡，还能尝出桂花或者果子的味儿来呢！

再往高处荡，顺手抓一把白云尝尝。嗨，那可是松蓬蓬，软绵绵，一吃到嘴里就化的棉花糖呀！有时候，碰巧抓上一把彩云，还能尝出香蕉、苹果、橘子、菠萝……各种各样的水果味来呢！当然，还有许多你从来没尝过的。有时候，她还会把彩色的"棉花糖"绞成漂亮的麻花卷儿，留着送给动物园的大狗熊过过瘾。

在下过雨又出太阳的日子里，怪怪妞的秋千就迎着彩虹荡。

哟，彩虹好凉好凉！舔一口尝尝，哇，那可是怪怪妞最爱吃的七彩冰淇淋啊！彩虹冰淇淋跟平常的冰淇淋不一样，它是一层热一层冷，一层甜一层咸的，外面涂着溜滑溜滑的奶油巧克力，里面裹着嚼上去很有弹性的糯米糕。

一早一晚，月亮最低的时候，怪怪妞就带着勺子和碗荡秋千，她要尝尝月亮的滋味。她猜想，月亮是一杯冻成了羹的酸奶。谁知，舀一勺尝尝，哇，好甜，还有一股醉人的浓香！怪怪妞才尝了小半勺，天哪，荡着秋千足足睡了两三天。哈哈，月亮是一碗甜酒酿！这可是怪怪妞做梦都没想到的。

在一个太阳最红的夏天，怪怪妞把秋千荡得老高老高。这回，她带的是一根吸管，往太阳上一插，嗬，她吸着一大口甜中带酸的红果酱！仔细尝尝，辨出山楂、草莓、柿子、番茄，好多好多的味道。你恐怕要问，红果酱是冷的还是热的？这点，怪怪妞没说，留着你自己去想吧。

还有什么没尝过呢？在一个亮着星星的夜晚，怪怪妞终于发现了一个秘密——天上的星星，竟然是喷香喷香的脆皮豆。"咯吱咯吱"，咬开星星豆透明的糖壳，里面是甜果冻一般滑嫩的豆仁，味道真是好极了！

那天晚上，这种"咯吱咯吱"的声音整整响了一夜。天亮的时候，星星少了好多好多。

噢，原来怪怪妞荡秋千，是为了吃那些看得见摸不着的新鲜零食呢！

有一天，一只小毛猴遇见了怪怪妞，问她："那蓝蓝的天空是什么味道，你尝过吗？"怪怪妞摇着头笑了。是没尝过，还是不愿说？

哼，不说就不说……小毛猴望着碧蓝碧蓝的天空

想，反正我也会荡秋千！

（夏辇生）

# 梦　湖

　　大森林里有个湖，是个梦湖，在湖里翻腾嬉戏的不是鱼虾，而是梦。

　　最早发现这梦湖的是一只小狐狸。那一天，小狐狸自个儿在森林里玩，口渴了，就到湖里去喝水："这水怎么这么甜？"

　　小狐狸"咕咚咕咚"喝了个够，喝完就躺在草丛中睡着了。不一会儿，他做起了梦，那梦可真美。梦结束了，小狐狸也醒了。可刚才那梦小狐狸还记得清清楚楚。

　　小狐狸高兴地去找小伙伴们，给他们讲那梦。小狐狸讲得眉飞色舞，小动物们听得目瞪口呆，他们完全被小狐狸的梦吸引住了，半晌，才醒过神，七嘴八舌地议论起来："哎呀，这梦可真美。""这可不是随便什么人都能有的梦啊！""哎，我要是能做这么一个美梦，该多好呀！"

　　小狐狸挺得意。从此后，他每天都到梦湖去，喝水，做梦，然后把梦讲给小动物们听。

　　一天，狐狸妈妈知道了小狐狸的事，但她并不知道梦湖。她对小狐狸说："我的傻儿子，瞧瞧你有多傻。梦是可以卖钱的，你怎么就白白送给了别人？从今以后，咱们开个梦店，谁来听梦，就交钱，没钱拿东西换也可以。"

"妈妈，这可不合适……"

"别说了，就这么办。梦店明天就开张。"

第二天，狐狸妈妈租了一间树皮小屋，挂上了"梦店"招牌。她把小狐狸关在小屋里，让他睡觉做美梦。

小狐狸喝不着梦湖的水，做的梦乱七八糟，醒来时，脑子里像一盆糨糊，昏沉沉的。

小动物们对狐狸妈妈的做法很不满意，可是大家都很想听小狐狸的梦，只好拿来了蘑菇、蚂蚱、小鱼等东西，交给狐狸妈妈。

可是小狐狸无精打采，像没睡醒一样，再也讲不出优美生动的梦了。

大家见小狐狸这副模样，都特别同情他。一天，他们悄悄地扒开树皮小屋的墙，把小狐狸救了出来。

小狐狸再也忍不住了，把梦湖的秘密告诉了小动物们。他把大家领到梦湖边，只见那湖水波光粼粼，一涌一漾，无数个梦在湖里欢跳，激起了满湖美丽的浪花。

小动物们喝了梦湖的水，个个都会做美丽的梦，个个都会讲美丽的梦的故事了。

（徐德霞）

# 收破烂的外星爷爷

这天的天气真好，人们都在户外享受着阳光。

突然，从碧蓝的天空中，降下一艘长着一对大耳朵的外星飞船。从飞船里走出一位蓝胡子的老爷爷，他敲着一面大锣吆喝着："地球人注意啦——"

人们都跑过来看热闹。最先跑到飞船跟前的，是一群正在广场上做游戏的小朋友。长着大脑袋的小男孩豆豆大胆上前问道："老爷爷，您是从哪儿来的呀？来干什么的呀？"

蓝胡子老爷爷笑了，他告诉小朋友们："我来自一个很远很远的星球，是来收废品的。"

豆豆说："我们家有啤酒瓶！"

"我们家有牙膏皮！"小女孩果果也抢着说……

蓝胡子爷爷说："小朋友，你们说的这些东西我可不收！我专收地球上没人要的东西。"

　　小朋友们都摸着后脑勺，不知道老爷爷到底要收什么东西。这时，老爷爷发现豆豆的胳膊上有三个被蚊子叮咬后长出来的疙瘩，于是问豆豆："你那三个疙瘩还要不要呀，不要我就收购啦。"

　　豆豆想，这个东西别说收购，白给也行呀！于是，他把胳膊一伸。老爷爷用小棍一拨，三个疙瘩就掉在了老爷爷的手心里，豆豆却不痛不痒。老爷爷递给豆豆三颗巧克力豆，对豆豆说："我就送点小礼物给你吧！"

　　噢，这下小朋友们明白是怎么回事了。强强说："爷爷，刚才我摔了一跤，脑门上撞了个大疙瘩，你要不要啊？"

　　"咯咯咯……"小朋友们笑了起来。

　　"要！要！"说完，蓝胡子老爷爷又用手里的小棍一拨，强强头上的疙瘩就掉下来了。老爷爷送给强强一颗外星核桃。于是大家赶紧在自己身上找疙瘩……

　　最小的蓓蓓急了，哭着说："我……我身上一个疙瘩也……也没有……"

　　蓓蓓本来就有口吃，越着急说话就越结巴，蓝胡子老爷爷一听到她说话，马上跳起来："这结巴病我要了！"老爷爷用小棍在蓓蓓的嘴巴上一拨，对蓓蓓说："现在再说话试试。"

　　"老爷爷您好，我叫蓓蓓，我从小得了这口吃……"嗬！蓓蓓像打机关枪似的，一下子说了好长一串话。小朋友们也都为蓓蓓高兴，"哗哗哗"为她鼓起掌来。

　　老爷爷收走了蓓蓓的口吃病，送给她一件外星人做的花裙子，裙子上不但有淡淡的花香，还有能扇动翅膀的花蝴蝶，漂亮极了！

　　前来送"破烂儿"的人越来越多，大家把自己的坏脾气、粗心大意的老毛病、好吃零食的坏习惯……通通都给了老爷爷。

　　收购了满满一飞船的破烂儿，老爷爷驾着飞船回家了。望着渐渐远去的飞船，大家都盼着老爷爷再次来地球收破烂儿。

（吴晓雨）

# 你赔我的呼噜

　　凡尔医生是最伟大的医生，从头发到脚指甲，人身上的任何部位发生病变,他都能做到药到病除。甚至连蚯蚓的骨折、青蛙的牙痛、海蜇的胃溃疡，对他来说也不在话下。

　　有一天，凡尔突然被国王秘密地召去了。"我遇到了灾难……王后要和我离婚……"国王垂头丧气。

　　"为……为什么？"这可是一件大事，凡尔愣住了。

　　"唉，"国王叹了口气，"你先听一段录音吧。"

　　录音机的喇叭里传出了奇怪的声音：一声声又尖又响的呼啸，时而高时而低，听起来又凄厉又悲惨，极像猪在被杀时发出的惨叫……"这猪叫声真可怕！"凡尔说。"不，不是猪叫，"国王悲伤地摇摇头，"这是我睡觉时打呼噜的声音，王后就是因为这个要和我离婚，她说她不能和猪在一起生活……"

　　"我试试。"凡尔硬着头皮答应为国王治疗。他绞尽脑汁，夜以继日地研究，选用了一百多种稀奇古怪的药，终于配制出了一种新的药丸。然后，他还设计了一种非常奇特的服药方法：

国王必须穿睡衣，怀抱一个大枕头，爬上一棵直径 20 厘米的梧桐树；然后，对着月亮学三声蛤蟆叫；然后，刮自己鼻子 12 下；然后，爬下树，单脚跳回卧室；然后，闭左眼、瞪右眼，作深呼吸；然后……然后……然后……（以下尚有 78 个"然后"，删去。）最后，躺在床上想小时候尿床的事，同时服下药丸。

国王为了不再打呼噜，只好做完所有规定的事情，结果用去了 3 个小时。他终于睡着了……

第二天一早，凡尔来了，急切询问情况。国王指一指录音机，有气无力地说："你自己听吧，改成驴叫了。"凡尔吓得脸都白了："可能是药丸配制得不对，再加一点药进去吧。"凡尔又在原先的药丸里，加进了两百多种新的成分。

依照上次的服药方法，国王累得汗流浃背，终于服下了新的药丸。

第二天一早，凡尔又来了，他紧张地问："陛下，怎么样？""混账！"国王怒容满面，"你到底搞的什么鬼？这次改成狗叫了！"凡尔全身发抖，于是，他又设计了一套更奇特、更复杂的"服药方法"。除了原有动作外，又增加了扯头发、爬床底、跟蚂蚁谈心、给黄瓜唱歌等动作。

做完最后一个动作，服下了药丸，国王一头昏倒在了床上。奇迹终于出现了，国王的呼噜声消失了。

凡尔到底是天才。他满载着国王赐给他的礼物，准备到乡下度假去了。

不料，国王的侍卫在半路截住了他："凡尔医生，国王要立刻召见你！"

凡尔眼前一黑，他战战兢兢地走进国王的密室，国王见他进来，久久地凝望着他："王后又要和我离婚了。王后说，现在夜里静得可怕，她因此常常做噩梦。她说她不能和一个不会打呼噜的人一起生活……"

凡尔吃惊得跳了起来："陛下，您是说，您要恢复您的呼噜？"

"对，而且不要驴叫、狗叫，就要那种猪叫。"

凡尔两眼一黑，双腿一软，不顾一切地昏过去了。

（冰 波）

# 小猪打工

小猪决定在暑期里自己打工挣钱。

可干什么好呢？小猪拍了拍脑袋，计上心来：卖凉粉。小猪最喜欢吃凉粉。

小猪一大早就起床做了一大盆凉粉，挑着担子出门了。卖凉粉要到热闹的地方，哪儿热闹呢？小猪拍拍脑袋有了主意：新开张的呱呱俱乐部最热闹。小猪挑着担子朝呱呱俱乐部走去，在一个人来人往的十字路口停下。小猪决定在这儿招揽食客。

小猪摆好凉粉摊儿，放开嗓门吆喝起来："凉粉——凉粉——又香又甜又酸又辣又滑溜的凉粉哟——"

小猪吆喝着，禁不住流出了口水。小猪决定尝尝自己做的凉粉味道怎么样，于是用凉粉刮子刮了一碗凉粉条，放上糖盐酱醋和辣油，吃起来又香又甜又酸又辣又滑溜，味道真是好极了。

小猪吃了一碗还想吃。刚才那一

碗是不是太咸了点？那再来一碗吧。小猪又刮了一碗凉粉，这一碗味道没说的。

小猪吃了一碗还想吃。刚才那一碗是不是太酸了点？小猪又来了一碗。

小猪吃了一碗还想吃。刚才那一碗是不是太辣了一点？小猪又来了一碗。

……

小猪一下子吃了二十碗，眼看着盆里的凉粉吃去了一大半，不能再吃了，再吃就不够本了。

"凉粉——凉粉——又香又甜又酸又辣又滑溜的凉粉——"小猪大声吆喝起来。

小猪吆喝了半天，也没揽到一个食客。它正着急着，鸭子大妈领着一大群小鸭子摇摇摆摆地走过来了。

"鸭子大妈吃凉粉吗？又香又甜又酸又辣又滑溜的凉粉！"小猪敲着凉粉盆请鸭子大妈品尝它的凉粉。

鸭子大妈果然在小猪的凉粉摊前停下，鸭子大妈说："刮"。

小猪赶紧拿起凉粉刮子刮了一碗凉粉条。小猪正要给凉粉条放上糖盐酱醋和辣油，鸭子大妈又说："刮"。小猪又刮了一碗。

鸭子大妈还说："刮"。小猪又刮了一碗。

鸭子大妈说："刮——刮——刮——"小猪心想鸭子大妈的孩子多，就手脚麻利地操动凉粉刮子，头也不抬地刮了一碗又一碗，刮了一碗又一碗——

小猪刮得正起劲，一大盆凉粉都要刮完了，听到鸭子大妈说："呱呱俱乐部怎么走？"

原来鸭子大妈是在问路。

小猪以为自己听错了，小猪说："你不吃凉粉啊？"

鸭子大妈说："呱——呱——呱——我不吃凉粉，呱——呱——呱——我要到呱呱俱乐部去。"

小猪真傻了，愣了一会儿笑起来，小猪想也该自己有口福，小猪告诉鸭子大妈路怎么走，然后给刮好的凉粉条放上糖盐酱醋和辣油，一股脑儿吞下肚去。

（杨老黑）

# 小妖精闯祸

我是一个小妖精，是阿土的朋友。

话说有一天，我待在阿土的上衣口袋里跟他到外面散步。

我们走过一棵大树，有两个小姑娘正在树底下聊天。一个小姑娘手里拿着一本小说，另一个小姑娘问她小说好看吗，只听见那个小姑娘瞪圆了眼睛回答说："真好看，只是挺吓人的，看得我头发都竖起来了！"

我把头从口袋里伸出来一看，哪儿啊，她的两根辫子好好地垂在脑后，连翘也没翘起来。

这时另一个小姑娘又问："真有那么恐怖？"

"还能骗你，我真是一根一根头发都竖起来了！"

好，我的机会来了。我就帮帮你吧，让你说到做到！我用手一指……

哇，这小姑娘的两根小辫子，还有没梳在小辫子里的每一根头发，一点不假，全都"呼"地一下竖起来了！

"唉呀，你的头发怎么啦，真的全竖起来了。"这可吓坏了旁人。头发竖起来的小姑娘还不相信，用手去摸头发。她也"哇哇"叫起来了。她要把竖起来的小辫子往下拉，这两根小辫子却像印度杂技里听了笛子声会不断往上挺直身子的响尾蛇一样，拉下去了又竖起来。

阿土听到旁边闹嚷嚷的，转脸一看，呆住了。他一下子明白这是我的法术，赶紧拍拍口袋，悄悄对我说："快让她的头发复原，要不然闯祸了！"

我不服气："话是她自己说的，我不过让她说到做到……"

"得了得了，我以后再给你解释，你先让她的辫子落下来！"

好吧。两根直挺挺竖起来的辫子一下子像泄了气，耷拉下来了。

接着我们来到一个运动场，一些男孩在那里打篮球。正好有一个瘦高的男孩站在那里，气呼呼地骂一个小胖子："你这人真是光长肉不长脑子，这么好一个球竟然让人家抢去了，你啊，真气得我……"他拼命跺脚，"气得我都要跳起来了……"他蹦跳，"一跳就是……"

"多高？"我在阿土的口袋里不禁问道。

"八丈高！"

说时迟那时快，只见那瘦高个儿像跳蹦床的演员那样晃晃悠悠飞到空中去了。

"一丈，两丈，三丈……七丈，八丈，停！"

阿土脸都发青了，对我说："别让他落下来摔伤了，让他轻轻地落地！"

我在他的口袋里刚说了一声"得令"，阿土已经撒腿飞奔，直朝家里跑。再不回家，他生怕还要出什么事情。

一回到自己的小房间，阿土就冲我发火："你真会闯祸！他们这些话只是一种形容，形容他们有多恐怖，有多生气，并不是真的头发直竖，真的一跳八丈高。万一他们说'吓死我了'，'我气炸肺了'，

你就当真让他们一命呜呼吗？"阿土发了一顿脾气，口气又渐渐温和下来，"我知道你是好心好意，是想帮助人说到做到，可是你首先得明白人说的话，明白他们的意思，不能瞎帮忙，越帮越忙……这是形容，这是——这是——这是——修辞，你懂了吗？"

一个无所不能的小妖精，竟然这样眼巴巴地听一个小家伙教训，真够窝囊的！可是有什么办法呢？我确实没听说过什么"形容"、"修辞"，我的妖精祖宗直到我的妖精爷爷奶奶、爸爸妈妈都没教过我。我可算是懂得这个道理的妖精第一代！

我正在心里嘀咕又有点得意的时候，忽然听到隔壁客厅里阿土的爷爷的笑声和叫声："我笑掉牙了……唉呀！我的牙真掉下来了！"

阿土这回是急疯了，对我说了一声"又是你干的好事"，就跑到隔壁房间去。

这不关我的事！ 幸亏转眼阿土就回来开口向我道歉："对不起，是爷爷看电视，看得哈哈大笑，结果假牙掉下来了。我看了他那副样子，也真要笑掉牙了，哈哈哈哈，我要笑死了……哈哈哈哈，哈哈哈哈！"

阿土笑得捧着肚子停也停不下来，不过这一回我已经明白他的话是什么意思，他的牙——真的牙——没有掉，人也没有死。

（任溶溶）

# 很特别的兔子

兔子阿美很胖。她的头低下来能看到两个下巴；她的肚子鼓起来像个要炸掉的皮球；她一坐下来就要占两个位子；她一跑起来总是跑在最后一个；她一睡着就会打很响的呼噜；她饿了就要吃很多很多的东西：五根萝卜、五棵青菜，再加上两大杯果汁。

"阿美那么胖，吃那么多，打那么响的呼噜，一定不是兔子。"大伙都这么说她。

"我不是兔子。"阿美伤心地对妈妈说。

"我大概是熊。熊木木说我和他一样有两个下巴。"阿美说。"可是你有长耳朵。"妈妈让阿美自己拉拉耳朵，的确很长。"可我想变成熊，那样他们就不会笑话我了。"

"我大概是猪。猪鲁鲁说我和他一样睡觉打呼噜。"阿美说。"可是你有红眼睛。"妈妈让阿美自己照照镜子，的确很红。"可我想变成猪，那样他们就不会笑

阿美的家

104

话我了。"

"我大概是象。象皮皮说我和他一样喝两大杯果汁。"阿美说。"可是你有短尾巴。"妈妈让阿美自己摸摸尾巴，的确很短。"可我想变成象，那样他们就不会笑话我了。"

"阿美，"妈妈摸摸她的头。"你要知道，你没法变成熊，变成猪，或者变成象，你是兔子，只不过是很特别的兔子。长两个下巴没什么大不了，打呼噜没什么大不了，喝两大杯果汁也没什么大不了。"妈妈把阿美抱了起来。

"你没发现你的歌声很动听吗？你没发现你能一下子提起两个木桶吗？你没发现你画的画儿特别漂亮吗？这些都是别人做不到的啊。不是每只兔子都一样的。所以，你只要做你自己就行了。"

"嗯。"阿美点点头。"我要告诉他们，我就是兔子，是只很特别的兔子，和他们都不一样。"

(燕子飞)

# 空中有一双朝你挥舞的手

我从小就是一个外表温和、内心倔强的人。认定对了的事情，九头牛也拉不回来。下面这件往事，发生在我上小学四年级的时候。

"校长，李自成进北京的时间是 1644 年，不是 1645 年。"我指着黑板上的板书大声说道。同学们的目光像聚光灯一样射向我，似乎要把我融化——大家都想不到平时看起来胆小怯懦、沉默寡言的我，竟然敢向老师叫板。校长听见了我的聒噪，看了看我，又看了看他手中的书本，并没有改正。

"校长，请你把黑板上的时间改过来，那是错的。"我依然不屈不挠。大人们都说小孩子要知错就改，那大人们做错了事情怎么办？是不是也要改过来？校长还是装作没有听见我的话，但脸却开始变红。

"校长，那个数字真的错了。"我的声音更大了。

"啪！"校长将课本重重地摔在了讲台上，两只变得血红的小眼睛像发狂的野兽一样怒视着我，脸色也变成了猪肝色——他虽然没有出声，但山雨欲来风满楼，全班变得鸦雀无声。

"你讲错了！"面对即将爆发的校长，我更加斗志昂扬。

"你叫什么名字？给我站起来！"校长忍无可忍，怒气冲天地指着我喊道。

下课后，怒气已消的校长把我留了下来并拿过他的课本，指着上面的白纸黑字说："你看，这上面写的不是 1645 年吗？"我一看，还真是！这时，校长翻开了我的书。突然，他愣住了：我的书上，年代是 1644 年。他连忙翻书的版权页，很快发现，他自己用的是两年前的旧课本，我用的是新课本，两者有出入。

"这么说你不是上课捣乱？我还以为你是个刺儿头呢！"校长十分阳刚的话语里，透出几分内疚。第二天早晨升旗仪式后，校长面

对全校的学生检讨并向我鞠了个躬。当时，我只觉得自己是个胜利者，我打败了校长。

很多年后，我才醒悟，校长是一个敢作敢当、拿得起放得下的男子汉——像他这样身为一校之尊的老人，竟然向我这么一个小学生检讨，并且当众对我鞠躬，这该需要多大的勇气啊！

多年之后，我参加高考。高考第一天，在进考场前，我看见校门外，一个挂着拐杖、身形佝偻、白发苍苍的老人在朝我招手。我走过去，竟然发现那是我的小学校长——时间真是无情，竟然将一个身材伟岸、气质刚强的男人变成了这么一位羸

弱的老翁。

"校长，你……一直在这里等我吗？"我的鼻子突然有点发酸。校长点了点头，然后，伸过布满了皱纹、干瘦如鸡爪的手，和我握了握——他的手是那么有力，仿佛将他生命中所有的信心都输入了我的身体里。然后，他又朝我挥了挥手，用目光示意我快进考场。后来，我才知道，他好几年前中风，失去了语言能力，不会说话了。

"校长，再见，我一定会考好的……我向你保证，一定！"我的眼泪夺眶而出，同时快步走进了考场。

一个月后，我的高考成绩出来了——全县文史类第一，超过中国最好的大学录取分数线好几十分。

若干年后，我依靠个人奋斗成为一位儿童文学作家并在京城里站稳了脚跟。我不知道，我所谓的成功，是否和老校长的那一鞠躬有关。

老校长在数年前辞世。阴阳两隔，有时我会想，如果老校长在天有灵，他看到我得的那些奖杯、奖状，出版的那些书，是否会露出开心的微笑呢？

（杨　鹏）

# 考试作弊大全

"嘟嘟嘟……"

又有人给我发电子邮件了，正在电脑上做功课的我急忙把电子邮箱打开,电子邮箱的标题是：欢迎下载《考试作弊大全》电脑软件。

考试作弊大全？竟然还有这样撩动人心的软件？

"欢迎使用《考试作弊大全》软件，该软件将助你在所有的考试中过关斩将，为你铺就通向重点大学殿堂的金光大道……"

这段广告词有点夸张，但却非常温馨与诱人。我迫不及待地将这个软件下载到我的电脑硬盘上，然后将软件打开来。

电脑屏幕上马上列出一个"考试作弊大法"的清单：

1. 抽屉透视法。

2. 交头接耳法。

3. 传递纸条法。

4. 瞒天过海法。

5. 同舟共济法。

……

整整九九八十一种大法，令人目不暇接。

乌拉！OK！万岁！好棒耶！帅呆了！酷毙了！真过瘾啊！呜里哇啦！……

我的嘴巴里蹦出各种表达我内心高兴的词语。要知道我每次考试都是红灯高照，上考场犹如上刑场。如果有此宝物，我岂不可以改变无可奈何的命运了吗？

我真恨不得将那个软件从屏幕里掏出来亲一下！

我突然想起明天上午就有一场数学单元测验，于是，我按下回车键，屏幕上弹出一个对话框：

欢迎使用本软件，你打算在何种考试中作弊？

我往电脑里敲入：数学。

对话框继续提问：几年级几单元？

我一一如实回答。

最后，对话框提示：请戴上ＶＲ（即虚拟实境头盔，戴上之后，人会感觉自己进入了虚幻缥缈的电脑空间里，所有的感觉都非常真实）。

我根据提示将头盔套到了头上，让软件执行"开始"命令。

立刻，一段悦耳的音乐在我耳边响起，我感觉自己正在缓缓地步入一个蓝色的考场。一张密密麻麻的考卷早已横陈在课桌上，那张卷子上的题目没有一道是我会的！

这是什么破软件啊，简直是拉人下水！我想临阵脱逃。

就在我要起身的时候，我的课桌上显示出一行字：请问你想使用何种作弊大法？我这才想起刚刚打开软件时有一个清单。于是，我在桌子上写道：抽屉透视法。

立刻，课桌上显示：你已具备了超级透视力。就在我心中尚存疑虑的时候，我突然感觉到自己的眼睛有点发热，课桌也变得透明起来，哈哈，我看见了课桌抽屉里的数学课本了，课本上竟然将每一道题的详细解法全解答出来。

我将那些题一道不落地全抄到了卷子上。

做完的时候，我的卷子上马上给出了分数：100 分！ 我还真是从没考过这么高的分数，我不是在做梦吧？

第二天上午老师发数学卷子的时候，我在心中祈祷着自己昨晚在电脑里练就的"抽屉透视大法"同样可以运用到现实中来。

可是，当我开始做卷子的时候，我发现高度近视的我根本没有什么透视的超能力。课桌还是课桌，我压根儿没有办法看到课桌抽屉里的课本。我沮丧万分：我被那个破软件给耍了！

但是，当我把目光移向考卷时，我惊讶地发现，考卷上的题虽然跟昨晚在电脑里做的题完全不同，但我全会！

这次考试，我得了 97 分，丢的那 3 分是因为我的粗心。

老师、家长、同学对我刮目相看，我对自己也刮目相看。

从此，无论什么考试，我都提前用这个软件先操练一番，并将九九八十一种作弊大法通通使用一遍。结果，我所有的考试都是超级高分——最神的是，在现实考试中，我一次都没有作弊过。

三年后，我顺利地考上了向往已久的清华大学计算机系。

在我考上大学的那一天，我收到了设计《考试作弊大全》的电脑公司给我寄来的电子贺卡，他们询问我对这套软件是否满意。我的回答是百分之一万的满意。

这时，我突然明白了这根本不是一个教人作弊的软件，而是一个百分之百的学习软件：当我开始使用这个软件时，电脑就会从我的大脑中搜索我知识的盲点并将它们编成一张电子考卷。这就是为什么我所有题都不会做的原因。而我通过种种透视大法"作弊"的过程实际上是我补习知识盲点的过程。

我还想到：如果这个软件当时叫《考试大全》之类的名称，我是否还会使用它？我是否还能收到今天的大学录取通知书？

(杨　鹏)

# 魔 桌

## 小桌子来我们家

回家，身后突然传来一个奇怪的声音："咯噔咯噔咯噔……"

我扭头一看，大吃一惊：一张小小的八仙桌，正冒着雨，踩着水花，像只小狗似的跟随着我。我走快，它也走快；我走慢，它也走慢；我立住不走，它就立正稍息向前看齐。

怪了，世界上还有会走路的桌子。我用手使劲捏了自己一把，痛，看来不是在做梦。

我掏钥匙打开家门时，它用一条短腿踩住了我的裤管，无言地

然而可怜巴巴地求我收留它。

我顿时动了恻隐之心，把门敞开，让它进了屋子，然后用抹布拭去它身上的水珠，让它在客厅里待着。

"哪里捡来的破烂？给我扔出去！"

果然，晚上妈妈下班回家，一看见那张小桌子，就大发雷霆，喝斥我。

"别怪我，小桌子。"

我在心里十分遗憾地说。妈妈是咱家的最高统治者，她的每句话都是最高指示，连爸爸都得对她俯首称臣，我哪敢不从。

这时，一股好闻的香味扑鼻而至，我看见爸爸、妈妈的眼睛瞪得跟铜铃似的，眼珠子仿佛要从眼眶里掉出来。

你猜发生了什么事？

原来，小桌子的桌面上，突然变出满满一桌丰盛的菜肴：天上飞的、地上走的、水里游的……山珍海味，应有尽有，令人眼花缭乱，垂涎三尺。桌上还有一壶酒，嗜酒如命的爸爸马上举起酒壶往嘴里倒酒，要不是妈妈狠狠瞪了他一眼，他肯定会将酒一饮而尽的。他恋恋不舍地把酒壶放回原处，咂巴着嘴，翘着大拇指说：

"真香哪，好酒，好酒……"

这是一张有魔力、会自动开饭的桌子！

那天晚上，我们全家美美地饱餐了一顿。小桌子从此理所当然地成了我们家的一个新成员。

## 有脾气的小桌子

小桌子真是太好了！如果我渴了，它会变出一杯冰凉可口的饮料，或者一盒又香又甜的冰淇淋给我；如果我饿了，它会变出各种好吃的玩艺儿：汉堡包、羊肉串、巧克力……我过生日那天早晨，当我醒来时，发现小桌子为我变了一盒香喷喷的大蛋糕，上面用奶油龙飞凤舞地写着几个字：

"祝你生日快乐。"

小桌子很好客。如果有同学上我家玩，它就会变出各种好吃的东西让我们吃：什么美国冰淇淋、非洲火腿、菲律宾泡泡糖……应有尽有。

不过假如来客是一个整天吃喝玩乐的坏蛋，它就不买账了。有一回，我爸爸请他的上司到我们家做客。小桌子瞅着那人脂肪过剩的样子，硬是一道菜也没有变出来，害得爸爸下不了台。

## 小桌子成了英雄

一天晚上，夜很深了，"咯噔咯噔"的声音又响了起来，把我

们全家吵醒了。恼怒万分的爸爸拉亮了客厅里的电灯，正要冲小桌子发火，突然看见一个男人出现在灯光下。他跪在地上，哆哆嗦嗦，磕头如捣蒜，哀求道：

"饶了我吧，求求你们，我再也不敢偷东西了。"

原来是个贼。他趁我们全家睡着的时候潜入我们家行窃，被小桌子发现了，它及时把我们唤醒，抓住了小偷。

还有一回，也是深更半夜。小桌子又"咯噔咯噔"地跺脚，我们以为又是小偷，慌忙起来看。这时小桌子走到了门边，用短腿敲门。妈妈走过去把门打开，看见对面的居民楼失火了，冒着黑烟，烈火熊熊。消防队员和附近居民正在紧张地救火。

小桌子"嗖"地一下冲了出去，我们也跟着去救火。

"妈妈，妈妈——"三楼传来一个女孩子的哭泣声。是小莉，她

只有五岁。

大火正在吞没大楼，大人们看着火光中的小莉，干瞪眼，一点办法都没有。

"咯噔——咯噔咯噔咯噔……"

小桌子向后退了一步，助跑，然后冲进人群，跟个武林高手似的，用四条短腿飞檐走壁，穿过烈火，爬上三楼。

人们目瞪口呆，谁见过会救人的小桌子？

小桌子爬上三楼，让小莉坐在它的桌面上，然后朝不远处的沙堆蹦去。

小桌子落地了，它的四条腿都被火烧着，一条腿还折断了。然而小莉安然无恙。人们将小莉从小桌子上抱下来，然后用水桶往小桌子身上泼水，将它身上的火浇灭。

小桌子成了家喻户晓的英雄。记者们为它拍照，并将它吹得神乎其神：什么会像超人一样飞翔、力大无穷、徒手跟外星人搏斗过……简直没边了。许多人知道了我们家有一张有魔力的英雄桌子，都充满好奇地到我家来参观，把我们家的门槛儿都快踩平了。为了恢复我们家的宁静，爸爸不得不在门上挂一个牌子，上写：

魔桌出国访问，谢绝参观。

这样，到我们家来参观小桌子的人才渐渐少了起来。

## 小桌子的魔力消失了

小桌子为了救人，烧断了一条腿，爸爸重新给他安了一条新腿。但这条腿毕竟不是它自己的，小桌子从此走起路来一瘸一拐。

更糟糕的是小桌子会变饭菜的魔力从此失去了。爸爸、妈妈不得不重新自己烧菜。幸好有小桌子指导，不久他们也能做出一手色香味俱全的好饭菜，味道一点不比小桌子做得差。

尽管小桌子的魔力失去了，我们一家仍然待它很好。妈妈一有空，就给它"洗澡"，将它全身擦得一尘不染，干干净净。

我们家后来添了一套古色古香的家具。小桌子对那张茶色的檀香木桌子极有好感，老往它身边凑。我们一开始不知道是怎么回事，后来才明白它们在谈恋爱，不久，这对"痴男痴女"结婚了，还生了一张小小桌子。我们一家三口同小桌子的一家三口幸福地生活在一起，虽然有点挤，但是很快乐。

我小学升初中那年，有一天早晨我做梦，梦见小桌子说它们要走了。我问它要上哪里去？它说它们全家要迁往一个很远很远的地方去。我醒来时，门开着，阳光从外面照射进来，三张桌子都不见了。

从此我再也没有见到小桌子。

（杨　鹏）

# 要人命的新鲜空气

烟雾曾经是 A 市的"特色"景观。可如今，从 B 州到 C 省至 D 城，全国各地随处可见烟雾。人们对污染了的空气越来越习以为常了，以至于要让他们呼吸别的空气反倒十分困难了。

最近，成功商人张玄正在做巡回演讲，其中的一站是 X 州的 Y 地，这个地方的海拔在四千米以上。

一下飞机，张玄就闻到了一种奇怪的味道。

"那是什么味儿？"张玄问来机场接他的人。

"我没闻到什么味儿啊！"那人答道。

"这儿肯定有股我不熟悉的味道。"张玄说。

"哦，您说的一定是新鲜空气。很多以前从未闻到过新鲜空气的人都奔到这儿来。"

"它能干吗用呢？"张玄狐疑地问。

"不干吗。您只管像呼吸其他空气一样呼吸它好了。据说它对肺有好处。"

"这种说法我倒没听说过，"张玄说，"我的眼睛怎么不流泪

了呢？"

"新鲜空气不会使您的眼睛流泪。这正是它的优点，省掉了您不少的面巾纸。"

张玄环顾四周，一切都显得澄明清澈。这真是种怪异的感觉，让他觉得很不舒服。

接待张玄的人觉察到了这点，他尽力使张玄安心："请不要担心，实验证明您可以一天到晚地呼吸新鲜空气，而不会对身体造成任何伤害。"

"你这么说无非是不想让我离开罢了，"张玄说，"久居大城市的人，没人能长时间地忍受这种空气。城市人可受不了这种环境。"

"唉，要是新鲜空气让您烦恼的话，您何不用手帕来捂住鼻子，用嘴来呼吸呢？"

"好吧，我来试试。如果早知道我要到一个只有新鲜空气的地方的话，我就会带一个口罩来了。"

他们默默无语地开着车。过了一刻钟左右，那人问张玄："您现在感觉如何？"

"我觉得还行，不过我倒是很想打个喷嚏。"

"我们这儿的人不常打喷嚏，你们那儿的人常打喷嚏吗？"

"每时每刻都在打，有些日子里我整天都在打喷嚏。"

"你们很喜欢打喷嚏吗？"

"倒也不尽然，不过人要是不打喷嚏就会死。我问你，你们这儿怎么会没有空气污染呢？"

"Y 地似乎对工业不具有吸引力。我想我们确实落后于时代了。只有当印第安人互相发送信号时我们才能见到一点烟雾，但是一有风它就被吹散了。"

新鲜空气搞得张玄头晕眼花："这附近有没有柴油发动机的公共汽车，好让我进去呼吸上一两个小时？"

"这个时间没有，我或许可以给您找辆卡车。"

张玄好不容易找到了一位卡车司机，塞给他一张钞票，然后把头靠近卡车的排气管，吸上了半个钟头。张玄立刻恢复了元气，勉强能够发表演讲了。

要离开 Y 地了，没有人比张玄更高兴了。张玄的下一站是 A 市。一下飞机，他就深深地吸了一大口充满烟雾的空气。于是，他的双眼开始淌泪，开始打喷嚏，张玄觉得自己像个全新的人了。

（刘　嫄）

# 神奇的新药

　　亚瑟博士发明了一种新药。据说，服下这种药，无论在什么样的物质中都能够自由穿行。

　　博士充满自信，称赞新药的效果是"超群"的。政府当局立即设置防范体系严防泄密，派出重兵将博士的研究室封锁了起来。

　　一天，一名助手向亚瑟博士提出疑问："老师，那种药真的无懈可击吗？"

　　"是啊。服药者即使在铁壁中，也可以自由通行。"博士信心十足地答道。

　　"这么说来，"助手朝围着建筑物的重兵瞥了一眼，"服用了新药的人，即使被枪击中也不会死吧？"

"是啊。就是铅弹都可以穿过身体啊。"

"只要这一点能够得到确认,你就没有用了。"

博士大吃一惊。这时助手的态度出现了一百八十度的转变。不知什么时候,助手的手上拿着一支手枪。

"你……"

"哈哈哈哈……为发明新药,你真是劳苦功高啊……怎么样,你很意外吧?我不必隐瞒了,我是 S 国的间谍。新药的制造方法,我已经全部记在脑子里了。接下来的问题由我们国家的优秀科学家们进行处理吧。你准备受死吧!"

间谍用枪瞄准了博士的心脏。

"等等!等一下。"博士用颤抖的声音喊道,"你怎么样才能逃脱如此严密的警戒网?你逃不出十米远啊。"

"别说浑话!你刚才不是已经向我解释过了吗?"这时,间谍毫不犹豫地把新药吞了下去,"这药只要发挥出效果,我就无所畏惧了。"

间谍右手的食指动了一下。

"等一等!"亚瑟博士做了一个请求的姿势说道。

"怎么回事?你还不死心?如果有事想说,赶快把话说了。"

"其实,这药有一个缺点……"博士鼓起勇气,用尽全身的力气说道。

间谍根本不想听，就在他要扣动扳机的一瞬间，手枪突然滑落，发出声响掉落在地板上。药终于奏效了吧？亚瑟博士不由得松了一口气。危险已经过去了——博士这么想着，眼看着间谍的身体被吸入了地板。

"啊——"间谍就像从高楼的屋顶上掉落下去的人那样，发出长长的惊叫声。

地板上，间谍穿在身上的所有衣物，从内裤到靴子，都还原封不动地保留着。

"这个笨家伙，我们常常是受重力吸引的，这一点，他忘了？"亚瑟博士撮着装新药的瓶子说道，"新药的缺点，就是服用它以后，无论什么样的物体都可以穿透。靴底、地板，还有地球，都……"

（［日］吉泽景介）

# 谁偷了曹操的手机

刘备同学偷了曹操同学的手机。这件事在校园里掀起了轩然大波。在班主任刘老师的办公室里，刘备"呜呜"地哭了，哭得很伤心。

几天前的一个早晨，班长曹操的手机在宿舍里被盗了。曹操与刘备、孙权住在一个宿舍里，当时只有刘备因病在宿舍里睡觉，大家做完早操回来，曹操的手机便不见了。

一开始刘备也不肯承认，后来刘老师发了怒，就停课让大家反省。不到两天，刘备就挺不住了，向刘老师承认自己偷了手机。可追查赃物时，刘备却又说弄丢了。

刘老师强抑怒火，心平气和地对刘备说："念你平时表现还不错，只要将手机交出来就没事了。你先回去想想吧。"

刘备刚一走，刘备的朋友诸葛亮就敲门进来："刘老师，我刚才看见刘备很委屈的样子，料定其中必有冤情。""你有什么证据吗？""当然有！"诸葛亮不紧不慢地说，"据我分析，案发现场只有他一个人，按说最易成为被怀疑对象，刘备若行窃岂不是太蠢了吗？

何况刘备同学平时仗义疏财，怎会做这种事呢？"

　　"可他已经承认了啊。"刘老师说。"不错，但我想他可能另有苦衷。现在临近期末考，时间宝贵，为追查手机，你给大伙停了课，刘备肯定是为了让大伙尽快复课，才选择了牺牲自己的下策。""那谁偷了曹操的手机呢？""我也不敢肯定，只是，我怀疑孙权。记得那天早操期间他去了一趟厕所。操场离宿舍很近啊。""啊，我想起来了。"刘老师一副恍然大悟的样子，"他请假说拉肚子去厕所，而且时间很长。对，肯定是孙权偷的"。

　　"不，不可能是孙权偷的！"这时，孙权的朋友周瑜推门进来。

　　"周瑜同学有何高见呢?"刘老
师问。

　　"孙权家中非常有钱,为人也很
豪爽,他不可能去偷别人的东西。倒
是刘备最为可疑,刘备虽不爱财,但可能由于赌博、欠债等原因急
需用钱,便只有去偷。""不!"诸葛亮打断周瑜的话,"谁不知道刘
备胆小怕事,而曹操身强体壮,性情暴戾,咱班上哪个同学不畏他
三分?不怕他的人只有一个,那就是副班长孙权。"

"好了，你们别争了。"刘老师站起来说，"周瑜同学去调查刘备，诸葛亮同学去调查孙权。就这样吧！"

周瑜和诸葛亮受命后，分别对刘备和孙权展开调查，虽无进展，却搞得刘、孙两人声名狼藉。后来学校推荐唯一一名重点中学保送生时，刘老师理所当然地提名了曹操。唯曹操的朋友杨修在一边冷笑。

毕业了，大家收拾东西时，杨修忽然站了出来，大声说："你们想知道到底是谁偷了曹操的手机吗？"

嗯，是谁呢？人群一阵骚动。

杨修掏出自己的手机，只摁了一遍曹操手机的号码，就听曹操身上"嘀嘀嘀"地响了起来。大家都怔住了。

随后有人问杨修："你怎么知道曹操自己藏了手机呢？"

杨修哈哈大笑："诸葛亮是刘备的朋友，周瑜是孙权的朋友，我，是曹操的朋友啊！"言罢，他扬长而去。

（魏金树）

# 垃圾人

　　我家后门有一条河，十分肮脏，河面上到处漂着垃圾，风一吹过，一股臭味便迎面扑来。

　　一天，我正在家门口玩，突然听到几声怪叫，接着那些在河边干活的叔叔们都惊慌地跑了过来，大声叫道："快跑啊，怪物来了！"我觉得很奇怪：这些叔叔们怎么了？虽说平时爱开点玩笑，今天，怎么骗起大家来了？

　　正想得出神，又听见了几声怪叫，并且响声越来越大，才知道真的有怪物。我吓得手忙脚乱，赶忙跟着大家跑了起来。跑了很久很久，终于，我跑不动了，停下来休息。我心里想，那是个什么样的怪物呢？它会不会像电视剧《奥特曼》里的那些怪兽一样可怕呢？它的破坏力有多强呢？好奇心占据了我的脑袋。这时，我听见一种似乎从广播里传出的声音："我是河底的垃圾怪兽，在河底，还有我的化学怪兽朋友。我身高9米，是由各种垃圾组成的。感谢你们人类给了我力量，将来，我要和我的朋友们一起毁掉人类，毁灭地球，

统治世界！哈！哈！哈！"那一声声狂笑,回荡在田野、高山、树林中。

不知从什么时候起,我看见了一群人从我的身边跑过,我又加入了这逃亡的洪流之中。不久,越来越多的人加入了这支队伍。我们不知跑过多少高山,越过多少险滩,但垃圾人那可怕的笑声,始终在耳边回荡着。

途中,有人提出要反抗,立刻得到一些人的呼应。

于是,有人用石头砸,有人用枪打,但人们用尽了一切办法,垃圾人也倒不下来。它身上似乎有着一种无形的力量,让它刀枪不入。

它越变越大,越变越高,并且跑得更快了,眼看就追上我们了。糟了!前面有人跌倒了,于是人叠着人,堆成了人山。垃圾人冲了上来,毫不客气地将我们通通"扒"进了它的肚子里。

在垃圾人的肚子里,大伙儿受尽了垃圾的苦头。大家才感受到了乱扔垃圾的危害,这个说:"我从此再也不乱倒垃圾了。"那个说:"我也不乱扔煤渣子了。"大伙东一句,西一句,都为自己曾经破坏

过环境卫生感到后悔。突然，我们头顶上落下了许多东西，人们忙躲了起来。原来上面落下了大堆大堆的钢筋、水泥。这时，人们着急了，意识到垃圾将对整个地球造成危害。

当晚 9 点多时，大伙儿都累了，渐渐有了睡意。

突然，只听"轰"的一声，小孩、妇女都吓得哇哇乱叫。当我们慢慢睁开眼睛时，看到了光明。大伙欢呼着，庆祝着自己的"重生"。怎么回事呢？原来，环保局接到一些幸存者的举报，连忙派来大批人马并带来了清除垃圾的大型设备，让那些垃圾立刻化为乌有，大家得救了。

（佚 名）

# 外星人的彩电

皮克的舅舅从外星球回来了，给皮克带回许多好玩的东西。有吃一颗可以香三天的巧克力豆；有鞋底下装着微型发动机的飞毛腿鞋；有梳一次头能把头发变黑的"返老还童"牌梳子；还有一台大彩电。

皮克说："大老远的，带彩电干吗？家里已经有一台了。"舅舅笑了笑，没吭声儿。

这时，电视里正在播放关于大草原的节目：蓝天白云下，一群雪白的羊儿在山坡上吃草，草丛中点缀着五颜六色的鲜花。舅舅拿起遥控器，对准电视机按了一下遥控器上的红色键。顿时，奇妙的事情发生了：一阵阵花香从电视机里散发出来，顿时屋里香气缭绕。

舅舅笑着问皮克："怎么样？好玩儿不？"

"好玩儿！好玩儿！"皮克赶紧从舅舅手中抢过遥控器。"我来试试！"说着，对准电视机也按了一下红色键。

真不巧，电视里播放的不是草原美景，而是屎壳郎滚粪球。立刻，一股股牛粪味儿从电视机里散发出来，弄得屋里臭烘烘的。

　　舅舅告诉皮克，这台外星球的电视机，不光能随着画面的变化散发出各种不同的味道，还能把看电视的人吸到电视机里去。

　　"什么？还能把人吸进去？"皮克吓了一跳。

　　"是这样的。"舅舅指着遥控器说，"瞧，这上面有一个白色键和一个绿色键，想进去，就按白色键，想出来，就按绿色键。"

　　这时，电视里开始播放餐馆的广告了，美味食品摆了满满一桌子。舅舅说："我给你演示一下。"

　　舅舅按了一下白色键。屋里的舅舅却不见了，电视里出现了一个舅舅。他正坐在桌子前，一边津津有味地吃喝，一边冲着电视机外面的皮克

说："味道好极了，啧啧！"

看着鸡鸭鱼肉，闻着扑鼻的香味儿，皮克馋得口水都流出来了。他冲着电视机嚷着："舅舅快出来，让我进去吃点儿！"舅舅出来了，他对皮克说："快点儿，一会儿广告播完就吃不上了！"

皮克轻轻按了一下白色键，马上像颗炮弹似的朝电视机射去……真不妙，这时突然停电了。刚刚钻进半个身子的皮克被卡在了荧屏上。他的脑袋钻进了电视机里面，身子则留在了电视机外面。

那位从外星球回来的舅舅，一时没了主意，连声说："这可咋办？这可咋办？"

小朋友，你有办法吗？

（佚　名）

# 胡萝卜先生的胡子

　　胡萝卜先生常常为胡子发愁。可他偏偏有着浓密的胡子，必须每天刮。

　　有一天，胡萝卜先生匆匆忙忙刮了胡子，一边吃着果酱面包一边就上街去了。因为他近视，所以没有发现自己漏刮了一根胡子。这根胡子长在下巴的左边，胡萝卜先生吃果酱面包的时候，胡子蘸到了甜甜的果酱。对一根胡子来说，果酱是多么好的营养啊！

　　于是胡萝卜先生一步一步走的时候，这根胡子就在一点一点地变长。只要回头看看胡萝卜先生走了多长的路，就可以知道胡萝卜先生的这根胡子已经长了多长了。

　　胡萝卜先生还在继续走。他的长胡子被风吹到了身体后面，可他完全不知道。

　　在街口，有一个正在放风筝的男孩。那风筝的线实在太短了，风筝只能飞过屋顶，而不能继续升高。

　　胡萝卜先生的胡子刚好在风里飘动着。

　　"这绳子真是够长的，就是不知道够不够牢固。"小男孩扯了扯"绳子"，胡萝卜先生马上觉得有人在后面拉他。

男孩确认"绳子"是牢固的，就剪了一段用来放风筝。

胡萝卜先生继续往前走。当他走过鸟太太的树底下时，鸟太太正在找绳子晾小鸟的尿布。

胡萝卜先生的胡子刚好在风里飘动着。

于是，鸟太太剪了长长的一段胡子，系在两根树枝的中间："这下好了，我总算找到一根够长的绳子了。"

胡萝卜先生就这样一直走，他的胡子一直长，一直要长到他停下脚步不再走为止。一路上，大家都剪了胡子派上各种用场，比如：扎小辫、缝衣服、编网兜等等。

当胡萝卜先生走进一家商店的时候，他停止了走路，胡子也就不再长了。由于一路上胡子派了许多用处，所以已经不是那么长了。胡萝卜先生掏钱买近视眼镜。

眼镜店的白菜小姐是个非常机灵的女孩，她一边给胡萝卜先生戴上眼镜，一边说："如果你害怕不小心把眼镜摔了，那么就在镜框上系一根带子，然后挂在脖子上。"白菜小姐用那根胡子系住了镜框。

当胡萝卜先生的眼镜不小心从鼻子上滑落下来的时候，胡萝卜先生说："我的胡子真是太棒了。"

是的，胡萝卜先生的胡子确实是太棒了，大家都这么说。

（王一梅）

# 老鼠开会

一天，一大批老鼠聚集在天花板上面。

"都来了吗？"

"都来了。啾，啾。"

"今天有重要事情，想跟大家商量。"

"什么重要事情？啾。"

"是猫的事情。"坐在中央的老老鼠说。

"什么？猫？"

"猫什么的，光是听到就让人害怕啊。"

"是啊，猫是可怕的。啾。"老鼠们一听到说的是猫，就发抖了，有的甚至想逃走了。

"请大家安静。"老老鼠一面微微抽动胡须，一面大声叫喊。

"的确是这样，猫是可怕的家伙。"

"是这样啊！昨天我家里的孩子给猫抓去吃掉了。"

"今天早晨，邻居老伯伯也给猫捉去了。"

"嘿，嘿，猫真可怕！这家伙总是不知不觉就到身边来了。"

"连脚步声也听不到啊！"

"只要猫一瞪眼睛，我就瘫了，逃也逃不成了。啾。"

老鼠彼此靠近，悄悄交头接耳。

"所以我想出好主意来了。喂，大家听着。"老老鼠大声说。

"难道没有猫一走近马上就发现的办法吗？"

"这样的事情办得到吗？猫连一点脚步声都没有就到身边了。"

"所以要把老远就听得到声音的东西挂在猫身上，来代替脚步的声音。"

"那是什么东西呢？"

老鼠们这样一问，老老鼠就得意地说："是铃啊。把铃挂在猫的颈项上就好啦。这样一来很远就可以晓得猫来了。"

"对呀，这是好主意。"老鼠们都赞成。

"猫一动，铃就响。"

"猫一走，铃就响。"

"铃一响，我们马上逃就好了。"

"铃一响，我们马上藏起来就好了。"

"好，我们不怕猫了！"老鼠们齐声说。

这时候，角落里的一只小老鼠，一面发抖一面说："可是，哪一个去把铃挂在猫的颈项上呢？我可绝对不愿意去，因为肯定会被抓住吃掉。"

老鼠们面面相觑。

"我也不愿意，我也不敢把铃挂在猫的颈项上。"

"我也不愿意，这样的事我不能做。"

"我也，我也，我也，我也，不愿意，不愿意，不愿意去把铃挂在猫的颈项上。"所有老鼠都这样说。

尽管认为是好不容易才想出的好主意，却谁都没有去把铃挂在猫的颈项上的勇气。

一打纲领都不及一次行动来得有效。所以说，光说不做等于白说。

[日]立原惠理佳

# 后悔药

星期五，伯特先生下班后，躺在沙发上等球赛开始。可是等他打个盹儿醒来的时候，球赛早已结束。

"砰砰——"门外有人敲门："请问有人在家吗？"

伯特打开门，一看，并不认识，来人像个推销员。

"先生你好，打搅一下，我想向你推荐一种新奇的药物。"

伯特想，果然是来推销的，就说："我不需要。"

"先生，你买不买无所谓，不过这是最新的科研成果，是免费的。"

伯特动心地问道："免费的？"

推销员说道："是的，免费的。而且吃完后，能让人不再后悔。"

伯特问："你们的药物真的那么管用？"

"是的，先生，不但管用，而且就像吃糖果一样，无任何副作用。"

"能治好我昨晚没看到球赛而延续到现在的后悔心情？"

"不成问题。"

"也能治好我最近两年来连续失恋的自卑心理？"

"当然能。"

……

"行了，伯特先生，这是药丸。一共三粒，吃一粒可以治好今天发生的后悔事，吃两粒可以治好你最近发生的后悔事，吃三粒可以治好以后发生的后悔事。"

伯特非常高兴，他接过药丸，那是三粒红红的药丸，非常小，只有绿豆粒那么大。

他对着白开水，将三粒药丸放在嘴里，猛一仰头，三粒全部吞进了肚里。

过了一会儿，药物发生了作用。推销员问伯特："昨晚没看球赛，你后悔了吗？"

"不！"

"那你这两年连续失恋，现在还自卑吗？"

"不！"

"伯特先生，看来药物在你身上的作用很明显啊！"

"是！"

"那么请你付钱吧！"

"什么？不是说免费的吗？"

"第一粒是免费的，其他两粒是付费的，一共三万元。"

"什么，三万元？"

"是的，你后悔了吗？"

"不！"

(海　星)